王様と王様の初恋

隣国王家の年の差求愛譚

「愛している。命が尽きるときまで、俺はユリウスのものだ」

「わたしも、愛しています。命が尽きるときまで、手をとりあって歩んでいきたいです」

　そっと唇を重ねる。大切なものを確認するように。

王《おう》様《さま》と王《おう》様《さま》の初《はつ》恋《こい》
隣《りん》国《ごく》王《おう》家《け》の年《とし》の差《さ》求《きゅう》愛《あい》譚《たん》

名《な》倉《くら》和《わ》希《き》

ILLUSTRATION：笠《かさ》井《い》あゆみ

王様と王様の初恋
隣国王家の年の差求愛譚

LYNX ROMANCE

CONTENTS

007　王様と王様の初恋
隣国王家の年の差求愛譚

252　あとがき

王様と王様の初恋
隣国王家の年の差求愛譚

はじめてヴェステルルンド王国の若き新国王に会ったとき、アルマンドはあまりの神々しさに絶句した。

黄金《おうごん》色の長い髪に癖はなく、小さな白い顔を縁取って華奢《きゃしゃ》な肩を覆い、腰まで流れている。瞳は神秘的な紫色。細い鼻梁《びりょう》は名工が細心の注意を払いながらかたち作ったような完璧さで、薄い唇も同様だった。

すらりと細い体を、薄絹を何枚も重ねた水色の長衣で包んでいる。腰のあたりで結ばれた紐《ひも》は瞳とおなじ紫色だ。細い腰は女性のようだったが、胸は平坦で尻も小さい。かといってアルマンドがよく知る男性とはあきらかにちがった。その中性的な美貌には人間くささが希薄で、なにか特別な生き物のようにも思える。

彼はアルマンドをしばし見つめたあと、そっと距離を縮めてきた。手を伸ばせば届くほどの距離まで歩み寄られ、アルマンドは息を飲む。

現実を生きているとは思えないほどの造形美を誇る人間が、なんと、アルマンドに向けてふわりと微笑《ほほえ》んだのだ。十八歳になったばかりと聞いている。染みひとつない白い肌は眩《まぶ》しいほどだった。

「はじめまして、ユリウス・ヴィルヘルム・ヴェステルルンド王国、四十八代目の国王です。このたびは招待に応じてくださって、ありがとうございます」

まるで天上の鈴が鳴るような、軽やかで透明感がある声だった。握手を求めてだろう、アルマンドに差し出された右手は、一目でペンより重いものを持ったことがないとわかる細さだった。

「は、はじめまして」

衝撃のあまり干上がった喉から、なんとか声を絞り出す。

「アフティオ王国二代目国王、アルマンド・アーレ・アフティオです」

握手のためにアルマンドも右手を出したが、剣ダコのある日焼けした無骨な手にわれながらギョッとした。こんな汚い手で、彼の美しい手に触れてもいいのだろうか。

アルマンドはもうすぐ三十歳。中年と呼ぶにはまだ早い年齢ではあったが、十代のころから戦場を駆け回っていた。筋骨隆々とした体躯《たいく》と生命力あふれた表情は若々しくとも、日に焼けた肌は乾いて傷だらけだ。

躊躇《ちゅうちょ》しているあいだに、彼が一瞬の迷いもなくアルマンドの手を握ってきた。きゅっと力を入れられて、アルマンドは感激のあまり、あやうく気を失いそうになる。

「あの……お願いがあるのですが」

彼は小首を傾《かし》げ、白い頬《ほお》をかすかに赤く上気させた。紫色の瞳がアルマンドを上目遣いに見つめてくる。完全な、完璧な、おねだりの表情だ。こんな顔でねだられたら、きっと男ならなんでも言うとおりにしてしまう。

アルマンドはごくりと生唾を飲んだ。なにを言われるのだろう？　不平等条約の締結を求められても、この国王相手なら二つ返事で受けてしまいそうだ。

「なんでしょう？」

「アルマンド陛下とは、これから親しく交流していきたいと思っています。つきましては、わたしのことを、ユリウスと呼んでくださいませんか？」

感激のあまり、また気を失いそうになった。なんとかぐっと踏ん張って、醜態だけは晒《さら》すまいとこっそり深呼吸する。

「では、俺のことはアルマンドと呼んでください」

ぱあっと花が咲くようにユリウスがかわいらしい笑顔になった。今度こそふらりと倒れそうになる。がしっと力強い腕が背中を支えなければ、王の間にひっくり返っていたことだろう。

「陛下、しっかりしてください」

耳元でアルマンドの側近が慌てた声を出した。「どうしました？」とユリウスが心配そうな表情でアルマンドの顔を覗《のぞ》きこんでくる。

それ以上、近づかないでくれとアルマンドは心の中で情けない声を出した。うっかり抱き寄せて唇を奪ってしまいたくなる。この場でいきなりそんなことをしたら二国間の大騒動になってしまうし、最悪、戦争が起こりかねない。だから必死で我慢した。

「長旅でお疲れなのですね。今宵《こよい》は歓迎の宴《うたげ》を予定していますが、それまでしばらく時間があります。どうか迎賓館でお休みください」

なんて心優しい声がけだろうか。そして、無防備だ。

アルマンドは帯剣を許されている。対してユリウスは丸腰で、汚れひとつない鎧《よろい》を身につけた近衛《このえ》騎士たちは行儀よく壁際に整列していた。あの距離では、いざというとき国王を守れないのではないだろうか。

一国の王とはいえアルマンドとユリウスは初対面だ。いままで国交がなかった未知なる野蛮な新興国の男でしかないのだ。アルマンドはユリウスの美貌に心を奪われながら、この若い国王がとても心配になってきたのだった。

◇

ユリウス・ヴィルヘルム・ヴェステルルンドは、つい半月前、国王の座に就いた。

先王の祖父テオドルは一カ月前に老衰で亡くなった。加齢とともに体力気力が衰え、半年ほど前から起き上がることができなくなっていた。両親を早くに亡くしたため祖父母に育てられたユリウスは、覚悟をしていたとはいえ敬愛する祖父を失って塞ぎこんだ。

しかしいつまでも悲しみにくれていてはいけない。ユリウスは新国王として国を導いていかなければならなかった。慣例にのっとって戴冠式を行い、ユリウスは四十八代目の国王となった。

ヴェステルルンド王国は広い大陸の西側に位置し、西は海、北と東は険しい山脈、南は大河に囲まれた、平和な国である。

山脈は真夏でも万年雪が残るほどの標高を誇るため人間が越えることは難しく、豊かな水量の大河は乾期のあいだだけしか渡ることはできない。他国との貿易は海を使って行われており、もう何十年も攻め入ってくる国はなかった。

土地が肥沃なため農作物は国民の腹をじゅうぶんに満たし、海の幸も豊富に捕れる。さらに山岳地帯では金が採れた。金の採掘権は国が所有し、加工まですべてを管理している。金は他国との交易に使われ、香辛料や鉄と交換されて船で運ばれた。

国民は王室に敬意を払い、気質は穏やか。男女ともに識字率は高く、文化は栄えている。代々の国王は他国を侵略するほど強欲ではなく、国軍の主な任務は港と大河周辺の国境警備だけという状態だった。

ヴェステルルンド王国は、香辛料と鉄の輸入以外はほぼ自国のみで完結している国。そのぶん閉鎖的だった。商人は他国と交流していたが、王室はまったく関わっていない。

「アフティオ王国の王室との交流を考えている」

ユリウスは会議室のテーブルに広げられた大陸の地図を見下ろした。中央地帯のほとんどを、アフティオ王国が統べている。建国からわずか十五年の新興国だ。

「周知のとおり、中央地帯は何十年ものあいだ落ち着かず、荒れ果てていた。小さな国が立っては滅び、戦が繰り返されて民は疲弊していた。そこで三十数年前、アンデルス・アフティオという豪族の男が立ち上がり、二十年ほどをかけてこの一帯を平定し、アフティオ王国を建国した。四、五年のあいだは落ち着かず、あちらこちらで小競り合いが起きていたようだが、その後おさまった。十年ほど前から、我が国に国交を希望する親書が届いていたのを、わたしは即位してから知った」

ユリウスはかたわらに立ち、ともに地図を見下ろしていた外務大臣を見る。

「なぜお祖父《じい》様は応じなかったのだ？」

外務大臣のマウリッツ・マキネンは、ユリウスの母方の伯父だ。赤茶の癖毛に褐色の瞳、がっしりとした体格をしている。髪とおなじ色の口髭《ひげ》がしゃべるたびに動くのを、子供のころは面白《おもしろ》がって眺めたものだった。

　マキネンは真面目な男で、自身の妹が王太子に嫁いでもそれを笠《かさ》に着ることなく、淡々とおのれに課された仕事をする堅物だ。亡くなった祖父はマキネンを重用し、自分の死後はユリウスの支えになるようにと遺言している。

「先代は最期まで、新興国を信用なさいませんでした」

　言いにくそうながらもそう答えたマキネンに、テーブルの反対側から「それは仕方がないことだったでしょうな」と苦笑を滲《にじ》ませた声が発せられた。明るい茶色の髪とおなじ色の瞳の柔和な表情をした男は、内務大臣のランス・カウティーライネン・テルヴァハルティラという男だ。長い家名は歴史の古さを表しているが、便宜上、テルヴァと呼ばれている。

「アフティオ王国は国の体裁を成してから、わずか十五年の新興国。どうせ長続きせずに、また中央は混乱するに決まっている。国交などしても無駄だと、先王はよくこぼされていました」

「けれど、アフティオ王国は堅実に国政を行っていると聞く。民は落ち着き、地域性を活《い》かした牧畜は軌道に乗り、いまやあの地の馬は名産品として輸出されているそうではないか。南や東の国々も、国交を結びはじめている」

「それはそうですが」

　テルヴァが言葉に詰まる。ユリウスはもう一度、大陸の地図を見つめた。

「アフティオ王国は一年前に国王が代替わりした。あたらしい国王もなかなかの人物だと評判らしい。代替わりがすんなりと終わったことからも、それがわかるというものだ。我が国も代替わりしたばかり。似たような立場の隣国の王と、私はぜひ会ってみたい」

「そうですね、陛下は即位なさってからまだ日が浅くていらっしゃる。まず外交からはじめたいというお気持ちは素晴らしいと思います。我が国は長年、他国と貿易をしていますが、王室とはいままでほとんど交流してきませんでした。ここで新国王の特色を打ち出してもよいと思います。アフティオ王国との王室交流に、私は賛成いたします」

　マキネンが頷《うなず》いてくれて、ユリウスは唇を綻ばせる。

「しかし陛下、あたらしいことに取り組みたいと言われるならば、わざわざ先代が忌避していた隣国と交流などせずとも、国内でも陛下に見直していただきたい事案が山ほどあります」

　テルヴァがそっと控えめに、ユリウスに訴えてきた。

「そうだな。それはわかっている。お祖父様が寝ついていたあいだに滞っていた国内の案件について、優先順位をつけて書き出しておいてもらえるか？　あらためて検討する機会を設けよう。外務については、とりあえず、アフティオ王国の王室と交流を図りたいと思う」

「では、さっそく親書を送ります」

　マキネンが張り切った笑顔になる。

「まずはアフティオ王国の要職についている人物を、我が国に招待しよう。それについてはどうだ」

「異論はありません」

マキネンとテルヴァが口を揃《そろ》えてそう言ってくれたので、正式に決定した。

午後の休憩時間に、ユリウスは王宮内の執務を行う区域から、王族の居住区域に移動した。ユリウスは慣れた足取りでいくつもの角を曲がり、いくつもの渡り廊下を歩く。

長い歴史の中で王宮は増改築をくりかえしてきた。とくに居住区は、さながら迷路のように入り組んでいる。ユリウスは生まれたときから住んでいるのですべてわかっているが、新入りの侍従や警備兵などは、覚えきるのに一カ月以上はかかると言われていた。

ユリウスは迷うことなくスタスタと歩き、温室にたどり着いた。壁の半分がガラス張りになっており、とても明るい。冬はすべての窓を閉ざして薪《まき》ストーブを焚《た》き、寒さに弱い植物を寒気から守る温室だが、春になったいまは扉も換気口も開け放たれ、爽やかな風が適度に通り過ぎるようにしてあった。

中央に置かれたテーブルには白いクロスがかけられており、そこに赤茶色の髪に春らしい黄色いドレスがよく似合っている一人の女性がいた。ユリウスの父が生まれたころから王宮に仕えている老侍従がテーブルに茶器と焼き菓子を並べている。

「マテリーナ、待たせてしまったか」

「いいえ、それほどは。大丈夫ですわ」

ユリウスが声をかけると、侍従が静かに下がっていった。マキネンの娘であるマテリーナは、ユリウスの母方の従姉《いとこ》にあたる。姉のような存在だ。四歳年上のこの従姉は、ユリウスがなんの気兼ねもなく話せる数少ない友人だった。

「ユリウス、あなたまた一人でここまで来たのね。護衛をつけなさいとあれほど言ったのに」

「ここは王宮だ。わたしの住まいだぞ。自分の家に護衛など必要ない。いったいだれがわたしを害するというのだ？」

　心配性だなと笑いかけると、マテリーナは呆《あき》れたように天を仰いだ。

「脳天気という言葉はあなたのためにあるようなものね。臣下を信用するのはいいけれど、護衛は必要だと思うわ。この私だって護衛をつけているのよ。もうあなたはただのユリウスではないの。国王の自覚を持ちなさい」

「自覚はじゅうぶん持っているつもりだ。いままでテルヴァとマキネンと今後の外交について話をしていた」

　あら、とマテリーナが目を輝かせる。

「いよいよ新国王が始動するのね」

「アフティオ王国と交流することになった」

「そうね。私も賛成だわ。アフティオ王国の二代目は、一代目に勝るとも劣らない偉丈夫で国民の人気も高いらしいから、どんな人物なのか私も興味があるわ」

　ユリウスは自分でポットからカップにお茶を注ぎ、一口味わう。

「しかし、お祖父様がずっと交流を拒んでいたなんて、知らなかった」

「それは仕方がないでしょう。お祖父様は千年の歴史がある我が国を、それはそれは誇りに思っておいでだったのよ。アフティオ王国の国王なんて、ぽっと出の経歴がはっきりしない蛮族の長としかとらえていなかったのではないの？」

「蛮族の長だなんて、そんな失礼な……」

思わずユリウスは眉間に皺《しわ》を寄せる。マテリーナがくすくすと笑いながら、手を伸ばしてきてユリウスの眉間を指先でつついた。

「そんな顔をしないで、陛下。美貌がだいなしよ」

「わたしのことを陛下などと呼ぶな。いままでどおりにユリウスでいい」

「あら、国王の自覚を持ったと言ったばかりなのに。私の中ではユリウスはユリウスだけど、やっぱりあなたは国王だもの、陛下と呼ばなくては」

「マテリーナとわたしの仲だろう」

「どんな仲よ。ただの従姉でしょう。変な言い方をしないで」

「マテリーナ、結婚しよう」

もう何度目になるかわからない求婚を、マテリーナは「嫌よ」とあっさり断ってきた。ユリウスはがくりと肩を落とす。

「いちいちがっかりしないでちょうだい。私が受けるはずないのに、懲《こ》りないのね」

「マテリーナほどわたしにふさわしい女性はいない。気心は知れているし、身分も相応だ。おたがいの仕事を尊重しあっているし、なによりもあなたは国民に慕われている」

「たしかに条件はぴったりでしょうね。でも私は愛のない結婚はしたくないの。ユリウスは私のこと、愛していないでしょう？　私も愛していないわ。あなたのことはもちろん好きだけど、それは家族愛のようなものでしかない。そんなことくらい、あなたもわかっているでしょうに」

この断りの言葉も、もう何十回も聞いている。マテリーナはしっかりと自分を持った女性だった。

「私はもう二十二歳だけど、絶対に結婚しなければとは思っていないの。さいわいにも実家は裕福だから、このまま好きなことをして生きていても生活費に困ることはないでしょう。望まない結婚をして時間を無駄にするくらいなら、生涯独身でいるわ」

マテリーナは慈善事業に力を注いでいる。国内の貴族たちに働きかけて孤児院への寄付を募ったり、福祉分野の不備を調査して意見を取りまとめ、それを関係する行政機関に陳情したりしていた。

そうした活動は王妃になってもできることだ。そう説得を試みたこともあるが、なんの肩書きもない自由な立場だからこそ、どこへでも出かけられるしだれにでも会えると反論された。

それに、マテリーナには強力な味方がいた。父親のマキネンだ。好きなことをしている娘を許していた。マキネンに野心があったなら、娘をユリウスと結婚させて、次代の国王の祖父になるという夢を実現させようとしただろう。けれどマキネンにはそれがなかった。

「あなたが私に固執するのは、たんに旧知の仲というだけのことでしょう。いつまでも人見知りを発動していないで、観念しなさい」

マテリーナに突き放され、ユリウスは悲しくなった。

国王になったいま、世継ぎをつくるのは義務になっている。けれど相手の女性のこととなると、思考が停止してしまうのだ。祖父が存命中からユリウスの花嫁候補は何十人も挙げられていた。けれどユリウスはだれにも興味を引かれなかった。マテリーナのように愛のある結婚をしたいという願望があるわけではないのに。

　マテリーナはすこしためらった様子を見せたあと、「ねぇ」と声を潜めた。

「あなた、もしかして異性より同性が――」

　よく聞こえなくてユリウスが「え？」と首を傾げると、マテリーナはきゅっと口を閉じた。

「ごめんなさい、なんでもないわ。私ったら、気の回しすぎよね」

　カップに残っていたお茶を飲み干し、マテリーナは自分でおかわりをカップに注いだ。

「まあ、後継ぎの問題はとりあえず置いておいて、とにかく、新国王としてあたらしいことをはじめようとしているあなたのこと、私は応援するわ。お祖父様は、あなたを大切にしすぎた。王家の伝統とはいえ、やりすぎだったわ。内向的すぎる性格を心配していたけれど、外国と交流しようと決めたのはいいことよ」

　マテリーナはそう言ってくれた。

　ヴェステルルンド王国には、建国にまつわる伝説がある。

　千年前、この地には豊かな森と美しく澄んだ湖があり、エルフの一族が住んでいた。男女ともに金色の髪と紫色の瞳を持つ美貌の一族は、人と交わることなくひっそりと暮らしていたそうだ。

　ある日、通りかかった旅の騎士とエルフの王の娘が恋に落ちた。

　エルフの王は騎士を娘の婿と認め、それ以降、一族は人と交わって子をもうけ、ヴェステルルンド王国ができたと言われている。つまり、王族はエルフの末裔《まつえい》なのだ。

　そのため、王族をただの人ではないと信じている国民は多く、信仰に似た思いで王族を敬っている。

王族は自身の神秘性を維持するため、あまり表に姿を現さないというのが、伝統になった。とくに王座に就く可能性が高い王太子は、王宮の奥に秘匿された。

祖父はユリウスをけっして外には出さなかった。自分の次に国王になるはずだった息子を病で亡くしていたことも、その傾向に拍車をかけたのかもしれない。ユリウスは限られた親族と侍従に囲まれて、大切に育てられたのだ。結果として、身内以外に友達がいない青年が一人、できあがった。

「ご歓談中、失礼します、陛下。マテリーナも。ごきげんよう」

開け放たれた温室の扉から、一人の若い騎士が入ってきた。簡易的な革鎧を身につけた白金《しろがね》の髪の青年だ。まだ十六歳なので本当は少年という年齢なのだが、すらりと均整のとれた体はすでに大人のものに近い。ユリウスの腹違いの弟カール・ヴェステルルンドだった。

「カール、今日の訓練はもう終わったのか」

「終わりました」

ユリウスは笑顔で迎え入れた。カールはいま騎士になるために鍛錬中だ。

成人前のまだ十六歳でありながら、カールはすでにユリウスより背が高い。線が細いユリウスにくらべると、一回り以上も体格がよかった。日に焼けた肌は健康的で、性格も明るい。カールは子供のころから人見知りせず、学校に通ったこともあって友人が多いらしい。王子ではあったが、騎士団にもうまくとけこんでいると聞いた。自慢の弟だ。

カールの母親は、平民出身の元侍女だった。

ユリウスの母親である当時の王太子妃は、国内の歴史ある貴族家から嫁いできた。ユリウスを産んでまもなく亡くなってしまったので、母親の記憶はない。微笑みを浮かべる肖像画が残っているだけだ。父親は心の慰めを若くて美しい侍女に求めた。それがカールの母親ラウラだ。

彼女もカールが三歳のときに病で亡くなった。ユリウスはもう五歳になっていたので、ラウラの記憶がある。優しい女性だった。その後、父親も亡くなってしまい、ユリウスとカールの兄弟は祖父に育てられることになったのだ。

祖父は愛情深く、ユリウスとカールをとてもかわいがってくれたが、ユリウスを次代の国王となるべく教育したのに対し、カールにはその忠実な臣下になるようにと説いた。王族の神秘性を保つためにユリウスは王宮深くに住まわせていたが、カールには貴族が通う学校にも行かせた。立場をわからせるためにそうしたのだろうが、ユリウスはそれがうらやましかった。カールが学校から帰ってくるのを、毎日毎日、王宮の隅で待っていたものだ。

「さあ、カールも座ってちょうだい」

マテリーナに椅子をすすめられ、カールは腰に佩《は》いた剣を外してから座った。軽々と扱っているその剣が、じつはけっこう重いことを、ユリウスは最近知った。カールに頼んで持たせてもらったら、ユリウスは鞘《さや》から抜くことすらできなかったのだ。カールの恵まれた体格を目にするたびにうらやましく、ユリウスはおのれの細い腕を恨めしく思ってしまう。ユリウスも男らしく逞《たくま》しい体がほしかった。

「ユリウスがいよいよ外交をはじめるらしいのよ」

マテリーナがアフティオ王国との交流について話すと、カールが「それは楽しみですね」と碧《あお》い瞳を輝かせる。

「アフティオ王国の国王は武勇に優れていると聞きます。十代半ばから戦場に立ち、活躍したそうです。もし機会があるならば、私もアフティオ王国からのお客人にお会いしてみたいです。ぜひ国王のお話を伺いたい」

　弟のカールにそう言ってもらえ、ユリウスはますます意欲的になれた。

「そういえば、カール。パオラとは仲良くしているのか？」

「は、はい。変わらず、お付き合いを続けています」

　カールは日に焼けた頬をほんのりと赤くして、照れくさそうに俯《うつむ》いた。

　パオラはカールより二歳年下で、十四歳の少女だ。幼いころから見知っていた少女と、カールは初恋を大切に育てている。相思相愛の二人をユリウスは温かい目で見守っていた。カールが成人するのを待たずに婚約だけでもしたらどうかとすすめているが、当人たちが躊躇《ためら》っていた。

　理由は、パオラが内務大臣テルヴァの娘だからだ。権力の均衡が変わってしまうのではと、二人は危惧している。もしかしたら、重臣たちのだれかに、なにか忠告めいたことを言われたのかもしれない。真実愛しているのなら、権力構造など気にするなと何度もカールに言っているのだが。

「カール、ふがいない兄ですまない」

「兄上、なにを……」

「なかなか婚約しないのは、わたしが頼りないせいだろう？」

「なにを言われるのですか。そんなことはありません。兄上がせいいっぱい責務を果たそうと努力していることは、私が一番よくわかっています。私とパオラのことは、どうか気にしないでください。まだ私もパオラも成人前です。時期を見ているだけです。兄上のせいではありません、絶対に。兄上は立派な国王です。兄上以上に国王にふさわしい人はおりません」

　真剣にそう言ってくれるカールに、ユリウスは微笑んだ。弟に励まされて元気が出てくるなんて単純かもしれないが、やはりカールはユリウスにとって大切な家族だ。

「私は生涯かけて、兄上を支えていく所存です」

　カールは立ち上がると床に片膝をつき、正式な騎士の礼をした。

「ありがとう。うれしいよ。期待している」

　立ち上がったカールと目を合わせ、ふふふと微笑みあった。

◇

　アフティオ王国の王都の市場は、今日もたいへんな賑《にぎ》わいを見せていた。

「朝一番の採れたて野菜だよ！　新鮮だよ！」

「搾りたての山羊《やぎ》の乳はどうだい？　精がついて嫁さんが大喜びだぞ！」

「希代の名工による鍋ってのはコレだ！　どうだいこの頑丈そうなつくりは。これで煮込めば、どんな料理も美味《うま》くなるってもんだ。百年もつよ！」

　あちらこちらから客の気を引こうと声がかけられる。アルマンドは通りかかった果物屋の軒先で赤く熟れた林檎《りんご》をひとつ求めた。店の主人はアルマンドの顔を見上げて、「おや」と笑顔になった。

「陛下でしたか」

　黒褐色の癖毛に榛《はしばみ》色の瞳を持つアルマンドは、とくに美形というわけではない。しかしその鍛えられた体軀と腰に佩いた剛剣、なによりも太陽のような明るい笑みはどこにいても人目を引いた。ときどき城を抜け出して気安く王都を歩く姿はおなじみだ。

「うちの林檎は甘くて美味《おい》しいですよ。おまけにもうひとつどうぞ」

「いいのか？」

「どうせ近くにマユリ様が控えているんでしょう？　ああ、ほら、あそこに。お二人で囓《かじ》りながらぶらついてください」

「ではもらおう」

　二つの果実を受け取り、アルマンドは振り返った。すこし離れた場所からこちらを注視している男を視線で呼び寄せる。群衆から頭ひとつぶん出た巨軀は、かなり目立っていた。頭髪が一本もない禿《とく》頭《とう》だからという理由だけではない。頬に刀傷がある厳《いか》つい人相と、いったいなにを食べたらそれほど分厚い胸板をつくることができるのかと疑問を抱かせるほどの屈強な体格ゆえだ。

　彼はその体格には不似合いなほどの軽い足捌《さば》きですいすいと人混みをかきわけ、アルマンドの前まで来た。マックス・マユリという、アルマンドの護衛長兼側近だ。

「ほら、店のおやじがおまけしてくれた。ひとつやる」

「ありがとうございます」

「おまえさ、お忍びの俺とは距離を置いて護衛しているつもりだろうが、ものすごく目立っているからな？」

「申し訳ありません。この体をいまさら縮めることはできませんので」

「いやだから、距離を置く必要はないってこと」

二人は林檎を齧りながら肩を並べて歩いた。アルマンドも平均より長身で逞しい体格をしているのだが、マックスと並ぶとそうでもないように見えてしまう。

二人は幼馴《おさなな》染《じ》みだ。かつては戦場で背中を預けあった間柄だった。

「陛下、そろそろ城に戻りませんか」

「嫌だ。まだいいだろ」

アルマンドは道端から「陛下～」と若い女性の二人組に声をかけられ、にっこり笑顔で手を振り返した。女性たちが「きゃーっ」と黄色い声を上げるので、さらに片目をパチンと閉じてみせる。

二人ともなかなかかわいい容姿をしていた。髪飾りや服装からして、羽振りのいい商人の娘といったところだろうか。お茶にでも誘ってみようかな、とそちらへ方向転換しようとしたアルマンドを、マックスが「こらこら」とばかりに制止した。

「若い女性と見たらすぐ声をかける癖はもう治したはずではないですか？　半年前のことを忘れたとは言わせませんよ」

「もう忘れたさ。大丈夫、あの娘たちは善良な王都民だ」

「身辺調査もしないうちに陛下はそんなことがわかるのですか？」

「わかるんだな、これが。俺の目は確かだ」

「それなのに半年前、うっかり命を狙われたのですか。それはたいした目をお持ちだ」

マックスの嫌みに、アルマンドはムッとする。

半年前、アルマンドは親しくなった町娘と二人きりになった際に、刃物で切られそうになった。とっさに避《よ》けて取り押さえたが、町娘は奥歯に仕込んであった毒を飲んで自害した。素人ではなく、殺しを生業《なりわい》とする刺客だったのだ。

国王になってからはじめての暗殺未遂事件だった。アルマンドは周囲の者たちから「だから女遊びはもう慎んでくださいと申し上げたのに」とか「せめて世継ぎをつくってから死んでください」とか、めちゃくちゃ叱《しか》られた。

さすがにアルマンドも反省して、その後はおとなしくしていたのだが――。

「しつこいな。もうじゅうぶん謹慎しただろ。たまには息抜きさせてくれよ。あんなこと、そう何度もあるわけないだろう？」

「私が記憶するかぎり、陛下は過去に五度も命を狙われていますよ」

「そんなにあったか？」

「ありました！」

即位してからの暗殺未遂は半年前がはじめてだったが、その前にも何度かあった。すべてアルマンドの下心から生まれた隙を突かれた危機で、下半身にだらしない二代目候補として有名になってしまっていたらしい。無防備になる閨《ねや》の中で寝首をかかれそうになるなど、臣下たちにしてみたらもう本当にいい加減にしてほしいのだ。

「そんなに欲求が溜《た》まっているのなら、特定の相手をつくればいいのです。もう結婚してください」

「結婚かぁ。相手を一人にしぼるの、寂しくないか？」

「なにがですか。このうえなく安全ではないですか」

「俺の愛はみんなのものなんだが」

「あなた、本当にクズですね」

　マックスが盛大なため息をつく。

「とにかく、もう帰りましょう。宰相になにも言わずに出てきたので、いまごろ怒っていますよ」

「少しくらい怒らせておけ。ハラルドは自分が楽をしたいからか、俺にばかり書類を回して鬱陶《うっとう》しい。書類仕事なんて俺は大嫌いだと知っているくせに、あれは嫌がらせだ」

「あれでも厳選されているようですよ。そんなに嫌がらずに、もう即位して一年にもなるんですから、観念して仕事をしましょうよ」

「おまえはいいよな。真面目な顔して俺の後ろに立っているだけでいいんだから。そうだ、いい案がある。おまえにも書類仕事をさせよう。手伝え。曲がりなりにも側近だろ」

「嫌ですよ。護衛長の仕事だけでも大変なのに、俺に国政が務まるわけありません」

「俺だって向いてないよ」

「いや、陛下は向いていています。なんだかんだとできていますから」

「向いてねぇってば」

足を止めて言い合いに発展したときだった。

「こんなところで不毛なおしゃべりをしているなんて、ずいぶんと余裕があるのですね」

聞き慣れた声が頭上からふってきた。まさか、とアルマンドが視線を向けると、そこには騎乗したハラルド・パルヴェラが氷のような冷たい目でこちらを見下ろしていた。

若かりしころ、ハラルドは豊かな黒髪を靡《なび》かせて疾風のように馬を自在に駆る、勇猛果敢な戦士だった。建国後は初代国王を支える宰相となり、国政を取り仕切った。そしていま、五十代半ばになったハラルドは、額の面積が倍以上になり、残った黒髪も白髪混じり。伸ばした顎鬚《あごひげ》も半分白髪だった。

いつの間にか市場の端まで移動していたとはいえ、人通りは多い街中。ハラルドは馬をじょうずに制して、背筋をぴんと伸ばした乗馬の手本のような姿勢でアルマンドとマックスを睥睨《へいげい》している。

どちらが国の最高権力者かわからないほどの威厳だ。

「どうせこのあたりで遊んでいると思っていました。それで市場調査はもう終わりましたか。終わったのなら、とっとと城に戻ってください」

「あ、はい……」

アルマンドはしおしおと肩を落とした。亡き父親の右腕だったハラルドに、アルマンドは頭が上がらない。彼も建国に尽力した一人だし、いまではアルマンドの指導役だからだ。彼ほどの実力があれば、アルマンドを蹴落としてみずからが国王になることなど容易《たやす》い。けれどハラルドは、アルマンドを国王らしく育てることに注力していた。

彼もまた、初代国王アンデルスと同様に、民のために平和を維持したいと思っているからだ。いまさら王座をめぐっての内乱など、微塵《みじん》もする気はないとはっきり言っている。

「陛下、お戻りになりましたら、大切なお話があります」

そう念を押したハラルドが意味深なまなざしを送ってよこした。わざわざそう言うからには、なにかあるのだ。アルマンドはマックスと顔を見合わせ、林檎を芯まで噛《か》み砕いて飲みこんでしまうと、足早にその場を去った。

無骨な石造りの城に戻ったアルマンドは、ハラルドから朗報を聞いた。

「なんと、ヴェステルルンド王国が我が国との交流を前向きに検討すると言ってくれたのか！」

ハラルドの手から親書をむしり取り、アルマンドは自分の目で流麗な文字を読んだ。たしかにそう書いてある。

「本当だ、これはすごい。まずは我が国の重臣を招き、交流をはじめたいとある」

「ヴェステルルンド王国はつい最近、国王が代替わりしました。長く玉座に就いていた前王は老齢のせいか石頭でしたが、こんどの王はその孫だという話なので、若く、柔軟な考えができる方なのでしょう。それにあたらしいことに挑戦したい気持ちがあるのかもしれません」

「なるほど、それはいいな」

アルマンドは喜びのあまり何度も文章を読み返す。

隣国でありながら険しい山脈と大河に隔てられたヴェステルルンド王国は、亡き父王の憧れだった。

建国から何度も何度も国交を求める使者を出したが、そのほとんどを無視され、返事すらもらえなかった。そのたびに父はがっかりしていた。

父王がなぜそこまで憧憬を抱くのか、アルマンドは不思議に思ったものだ。無理してヴェステルンド王国と交流せずとも、それ以外の国とは順調に信頼関係を築きつつあったし、貿易もできていた。なにも困っていなかったのだ。

けれどのちにハラルドからヴェステルンド王国の建国にまつわる伝説を聞き、優雅さのゆの字も持たない父がエルフの末裔に夢を見ている気持ちがなんとなくわかった。あの国の王族は美形揃いらしい。どんなふうに美しくて嫋《たお》やかなのだろうか。閉鎖的なあの国の情報を集めようにも、なかなかうまくいかないので、神秘性は増すばかりだ。

結局、父は生きているうちにヴェステルンド王国と交わることはできなかった。一年前に即位したアルマンドは、なんとなくそれを引き継ぎ、ハラルドが望むままにヴェステルンド王国へ送る親書に玉璽《ぎょくじ》を押していた。

父の悲願であった、ヴェステルンド王国との交流が、ついに実現するときが来たのだ。

「代替わりした国王は、どんな方なのだ？」

ハラルドに質問すると、大陸中の情報が頭に入っていると言われている名宰相が眉間に皺を寄せて難しい顔をした。

「それが、わからないのです。前王については私も人となりは伝え聞いていましたし、新国王の弟は現在騎士見習いとして訓練中だということまでは摑《つか》んでいます。しかし、新国王についてはなにも。

あの国はただ閉鎖的なだけでなく、王族に関しては病的なほど秘匿性が高いので」

「ハラルドがわからないなんて、それはすごい。ますます興味がわくな」

アルマンドは無意識のうちに笑みを深くした。未知の国へ抱くのは、ただの興味ではない。新興国と馬鹿《ばか》にし、父の願いをことごとく拒んできたヴェステルルンド王国とやらは、いかほどのものなのかとこの目で確かめてみたい――はっきり言えば、品定めしてみたい気持ちがあるのだ。

「陛下、それでかの国の招待を受けようと考えています。使節団として、まずは――」

「俺が行く」

「「えっ？」」

ハラルドとマックスが揃って声を上げた。目を丸くして自分を見つめる二人に、アルマンドはニヤリと不敵な笑みを向けた。

「聞こえなかったのか、俺が行くと言ったのだ。ハラルド、耳が遠くなったのか？」

「聞こえております。また陛下は突拍子もないことを……」

ハラルドは頭痛をこらえるように片手で額を押さえている。マックスは最近見ないほどの酷《ひど》い渋面だ。子供が見たら恐ろしくて泣くだろう。

「陛下、ヴェステルルンド王国は古い体質の国です。招待を受けたからといって、いきなり国王が押しかけたら心証を悪くするかもしれません。きちんと段階を踏むべきです」

「そんなことをしていたら、俺はいったいいつ、かの国の王族に会えるのだ？　さいわいにも、じきに乾期となる。大河の水量が減り、馬で渡れるくらいになる。わざわざ海まで出なくとも行けるだろう。いまを逃したくない」

「そういう話ではありません」

「俺はエルフの末裔だとか吹聴《ふいちょう》している王族に会ってみたいのだ。どれほど秘匿しようと、ただの人間だろう？　とんでもない美人がいたら、それはそれで楽しそうだが」

「陛下、他国でその悪癖を披露しないでいただきたい。王族に手を出したら大問題になります。せっかく交流する気になってくれたのに」

　慌ててそう言ったのはマックスだ。

「とにかく、俺は行くぞ。親父《おやじ》が死ぬまで憧れていた国だ。この目で見てやる」

　きっぱり言い切ると、マックスは黙った。ハラルドも思案げな表情になって俯く。

　二人とも、先王がヴェステルルンド王国をどれほど焦がれていたか、よく知っているからだ。

「わかりました」

　顔を上げたハラルドが諦めたような顔でアルマンドに向き直る。マックスが驚いて「宰相、なぜ許すのですか」と詰め寄ったが、ハラルドはそれに取りあわず一枚の紙を出した。ペンを握り、なにやらさらさらと文章を書く。

「これに署名してください」

　アルマンドに突きつけてきたそれは、即席の委任状だった。その内容に、さすがのアルマンドも驚《きょう》愕《がく》して固まる。横から覗きこんだマックスも同様だ。

「これは保険です。署名を拒むのならば、ヴェステルルンド王国行きは許可できません。あなたにもしものことがあったときは、この私に全権を委任すると約束してください」

ハラルドは真剣だった。冗談でもなんでもない。

「ヴェステルルンド王国は平和で文化の水準も高いと聞きます。治安もいいようですし、これから交流を図ろうという隣国の王を暗殺しても、利などない。けれど、われわれにとってやはり未知の国です。たどり着くまでの行程も、未知だ。乾期とはいえ大河の水量は日によっては多いでしょうし、道中で猛獣に襲われて負傷し、それがもとで命を落とすかもしれない。山賊にまちがわれて捕縛され、うっかり獄中死するかもしれない。あなたがどうしても行くと言うなら、この内容に同意して署名してください」

その紙には、もしヴェステルルンド王国との外交途中で不測の事態がありアルマンドが命を落とした場合、アフティオ王国の全権をハラルドに一任すると書かれていた。

その際、ハラルドの主導により、国王不在となったアフティオ王国を合議制の共和国にすることもあり得るが、それについてもハラルドに一任するとある。

「ハラルド……」

アルマンドは名宰相と名高い男を、まじまじと見つめる。

国王亡きあと、この宰相は本当に、空席となった王位を奪うつもりがないのだ。

「あなたに子がいないのならば、なにも君主制を維持しなくともいい。もともと初代国王のアンデルスは、自分の血を繋いでいくことに懐疑的だった。血族への世襲に固執して無能の君主が続いたからこそ、あの混沌《こんとん》とした時代があったのですから。私があなたを二代目に推したのは、国王としての素質があったからです。三代目にふさわしい人物がいないのならば、合議制にしてすべてを話し合いで決定していく方がいい。署名してください」

　ペンを手渡され、アルマンドは頷いた。マックスが慌てて止めに入る。

「待ってください、宰相も陛下も。それは早計すぎませんか。これではまるで、陛下がもう戻ってこないような書き方です」

「いや、ハラルドの言い分はもっともだ。国王である俺が、いままで国交のなかった未知の国に出かけるのだから、このくらいは当然だ。よく言ってくれた」

　アルマンドはさらりと名前を書きこみ、「血判を押しておこう」と右手の親指に傷をつくり、署名の横にぐっと押しつけた。そして玉璽をハラルドに渡す。

「俺になにかあったときは、この国を頼む」

「かしこまりました」

　ハラルドは恭しく両手で玉璽を受け取り、アルマンドに深く頭を下げた。

◇

　ユリウスが国王の執務室で内務大臣テルヴァァから、夏の終わりに予定している人事異動に関する報告を受けているときだった。

　外務大臣マキネンが慌てた様子で扉を叩《たた》き、応答する前に入室してきた。礼儀を欠いたことがないマキネンにしては、いささか乱暴な所作だったのでユリウスは驚く。

「どうした、珍しいこともあったものだ」

　テルヴァが茶化したように言ったが、構わずにマキネンはユリウスに駆け寄ってきた。

「それが……」

　浅黒い顔に汗をかいたマキネンは、握りしめたためにすこし皺が寄ってしまった封筒を差し出してきた。それはアフティオ王国からの返書だった。数日前に、まずは重臣の交流からはじめてみませんかとお伺いの手紙を出したのだ。使者は乾期にさしかかり水量が減った大河を渡り、早くも返事を届けてくれたらしい。

「ずいぶん早かったのだな」

　ユリウスは受け取ってすぐに文面に目を通した。なんとそこには、予想していた宰相ではなくアルマンド国王みずからがヴェステルルンド王国を訪問すると書かれていた。なぜいきなり国王がやってくるのかわからず、ユリウスは呆然《ぼうぜん》とした。

「すぐに迎え入れる用意をしなければなりません。アルマンド国王はとうに王都を出発し、もう大河を越えたもようです」

「なんだって？」

　めったなことでは驚かないテルヴァが、素っ頓狂な声を上げる。

「ではあと二、三日で到着してしまうではないか。どうしてそんなことになったのだ。マキネン、まずは重臣を招待したいとちゃんと書いたのだろうな？」

「書いたに決まっているだろう。あのとき陛下にも文面を確認していただき、署名も入れていただいた。おまえもそれを見ていたはずだ。どうしていきなり向こうの国王が来ることになったのか、私だってさっぱりわからない」

「侮られているのではないか。他国を訪問する際の手順を許可なく省略するとは、かなり無礼だ。われらは千年の歴史を誇る国。あの新興国の野盗あがりめ。舐《な》めた真似《まね》をしおって！」

いつも柔和な顔をしているテルヴァが怒りを露《あら》わにさせている。マキネンはテルヴァの肩を宥《なだ》めるように叩く。

「待て、待て待て、落ち着け。たしかに侮られているかもしれんが、もしかして奴《やつ》らはそうした手順など知らないのかもしれない。そんな戦を前にしたかのような形相をするな。友好的な交流を目的として招待したのだぞ」

「礼儀をわきまえない青二才を、歓迎してやれるほど私はお人好《よ》しではない」

最初の衝撃からやっとわれに返ったユリウスは、「テルヴァ」と声をかけた。

「言葉を慎め。アフティオ王国の国王を野盗あがりなどと呼んではならない。彼は秩序をなくしていた大陸の中央を平定し、安定をもたらした功労者だ」

「しかし……」

「我が国への訪問も、こちらが招待したのだから手順だなんだと難癖をつけてはいけない。段階を踏んで交流を図ろうと考えていたのはこちらの勝手だ。そのやり方がまどろっこしいと思い、向こうは一足飛びに国王同士で話し合いたいと考えてくれたのだろう」

　テルヴァはすこし落ち着いたのか、俯いた。

「申し訳ありません。突然のことに、いささか動揺してしまいました」

「いや、わたしも驚愕したから、仕方がない。今後、気をつけてくれればそれでいい」

　ユリウスは姿勢を正して座りなおし、マキネンとテルヴァを見遣《や》る。

「もう大河を越えたという移動速度ならば、おそらくアルマンド国王はそれほどの隊列を組んではいないのではないか？　何名ほどの隊列なのかわかっているのか」

「国軍の国境警備隊からの情報によりますと、騎馬兵と思われる武装した者が三十名ほど、文官らしき非武装の者が十名ほどだそうです。最後尾に荷馬車が数台。かなりの速度で進んでいるようで、高貴な身分の女性は同行されていないのでは、ということです」

「まるで行軍だな」

　思わずと言った感じでぽつりと呟《つぶや》いたテルヴァの感想には、同感だった。

「少数で国交のなかった国を訪問しようとする決断力は、素晴らしいと思う。それだけ我が国との交流を望んでくれているのならば、ありがたいことだ」

　ユリウスが好意的な見方をしてみせると、マキネンは額に滲んだ汗を拭き、背筋をただして頭を下げる。

「陛下のおっしゃるとおりです。取り乱してしまい、申し訳ありません。すぐにでも、アルマンド国王一行を迎え入れる準備をはじめます」

「では、マキネン、頼んだぞ」

ひさしぶりの国賓だ。王宮の隣にある迎賓館はいつなんどき客を迎え入れてもいいように、つねに清潔を保っているが、隣国の国王ともなればさらにいろいろと下準備が必要になるだろう。その指揮は外務大臣に任せた。

マキネンが急ぎ足で執務室を出て行くと、ユリウスはテルヴァに向き直る。

「さて、テルヴァは国内の治安維持によりいっそうの注意を払ってくれ。万が一、アルマンド国王の滞在中に不名誉な事件や事故があってはならない」

「はっ、かしこまりました」

「しかし、もしそうしたことが起こってしまったときは、下手に隠し立てせずにきちんとわたしまで報告するように。いいな？」

顔を引き締めて頷いたテルヴァに「頼むぞ」とユリウスは微笑む。

けれどテルヴァはすぐに執務室を出て行こうとはせず、しばしなにかを逡巡《しゅんじゅん》するような間を置いた。

「陛下」

「なんだ？」

「アルマンド国王ご一行が到着された日の夜は、晩餐《ばんさん》会を開かれるのでしょうか」

「そうなるだろうな。詳細はマキネンに尋ねてくれ」

迎賓館内の行事については、外務大臣の管轄になる。アフティオ王国の重臣を招待することを決定してから、晩餐会の計画は立ててあっただろう。料理人や音楽団の選定には、ユリウスは関わっていないのでなにも知らない。

　料理の献立や音楽家に関して知りたいことがあるのかなと思ったのだが、まったくちがっていた。

「つかぬことをお伺いしますが、陛下はマテリーナ嬢を同伴されるのでしょうか」

「ん？」

　テルヴァは斜め上の質問をしてきた。ユリウスは首を傾げ、しばし考えたのちに彼の懸案事項に気づく。つまりテルヴァは国賓の晩餐会という公式な場に、王妃候補としてマテリーナを伴うのかどうか知りたいのだ。

　内務大臣としてそのあたりのことを把握しておきたいのだろう。今後、もしユリウスがマテリーナと結婚すれば、テルヴァの立場が変わると危惧しているわけではないと思いたい。

　前王である祖父は、公平な世の中を目指す国王だった。千年の歴史があるヴェステルルンド王国を誇りに思いつつも、だからこそ硬直しかねない国政の運営に気を遣っていた。由緒正しい貴族だからといって重用するのではなく、身分は関係なく能力と人柄で重用するように努めていた。たとえ平民でも能力があれば役職につけていた。

　実際、マキネンは下級貴族出身でありながら外務省で頭角を現し、大臣まで上りつめている。先王の息子、つまりユリウスの父親と結婚した娘の兄だったから出世したわけではない。順番が逆だ。マキネンが祖父のそばに仕えるようになったからユリウスの父と母は出会うきっかけができ、王族にしては珍しく愛を育んで結婚したのだ。

テルヴァも自身の才覚で内務大臣の座を掴んだのだが、マキネンとは多少事情が異なる。

前々王の時代は、身分によって地位が約束されていたそうだ。テルヴァの父親は建国当時からの大貴族である家名にふさわしいと思われる高い役職を与えられていたという。それが祖父の代になったとたんに閑職に回され、一族もろとも生活が困窮したらしい。急激な環境の変化に、子供時代のテルヴァは苦労をしたと人伝《ひとづて》に聞いた。

しかしそこで腐らず、テルヴァはなんとか貧困から脱しようと勉学に打ちこみ、成人したのちには仕事に没頭した。その成果が認められて内務省の中でどんどん重用され、ついには大臣の座を手中にしたのだ。

そんな例はいまの国政の場において、珍しい話ではない。

そのおかげか、先王の時代は腐敗が少なく、健全な政《まつりごと》ができていたと評価されている。福祉や医療も充実させた賢王として、祖父は国民にとても慕われていた。

ユリウスはその祖父から教えを受けた。

だから、もし自分がマテリーナと結婚したとしても、その父親のマキネンに役職以上の権力を集中させようとは考えていないし、その逆にテルヴァを冷遇しようなどとは思ってもいない。その他の臣下たちが勝手に忖度《そんたく》して、マキネンとテルヴァを差別しようものなら、しっかり調査したのちに相応の処分を言い渡すだろう。

さらにつけ加えるなら、弟のカールとテルヴァの娘パオラが結婚したとしても、テルヴァの立場は変わらない。変わらないようにしたい。祖父から受け継いだ、そうしたユリウスの考えは、テルヴァはよくわかっているはずだ。

「晩餐会にはだれも同伴しないつもりだ」

「よろしいのですか」

「マテリーナとはまだそういう関係ではない。じつは何度も結婚を申し込んでいるのだが、断られつづけている。つい先日もきっぱりと断られたばかりだ」

「何度も……そうだったのですか」

「わたしとしてはマテリーナほど王妃にふさわしい女性はいないと思っているのだが、なかなかに難しいものだ」

　ユリウスは正直に現状を話した。下手に隠してもいいことはない。

「わたしにはいま、公式の場に同伴してくれる女性は一人もいない。ただし、彼女はマキネンの一人娘で、成人している。晩餐会に列席はするだろう」

　慣例にのっとると、マテリーナは晩餐会に呼ばれる。テルヴァの娘パオラはまだ十四歳で成人前なので、呼ばれることはない。カールも成人前だが、王弟という立場で出席することになる。

「アルマンド国王も独身らしい。マキネンの話だと女性の同行者はいないようだから、いいのではないかな、独身の国王同士、同伴者がいなくても。お揃いだ」

「そうですね。不躾《ぶしつけ》な質問をしてしまいました。申し訳ありません」

「いや、いい。準備を頼む」

　はっ、と返事をしてテルヴァも執務室を出て行った。一人きりになり、もう大河を越えたという隣国の行動的な国王のことを考える。どんな人物なのだろう。親しくなれるだろうか――ユリウスはアルマンドという隣国の王に、思いを馳《は》せた。

それから二日後の昼下がり、アルマンド国王一行はヴェステルルンド王国の王都エイルトヴァーラに到着した。

マキネンが伝書用の鳩《はと》を駆使して一行の進行具合を把握し、逐一王都の警備隊や迎賓館の担当に報告していたおかげで、慌てることなく迎え入れの準備を完了することができた。

王宮の王の間ではじめてアルマンドを待ち受けるとき、ユリウスは緊張のあまり口の中がカラカラに渇いていた。きちんと挨拶の声が出るかどうか不安に思うくらいに。

マキネンやテルヴァには、アルマンドのことを悪く言わないように諫《いさ》めたユリウスだが、十代のころから戦場で活躍したというアルマンドが凶暴な男だったらどうしようと、じつは心配をしていた。戦場どころか王宮の外に出たことがない自分と、話は合うのだろうか。侮られるだけでなく、つまらない人間と思われたらどうしよう、新国王は頼りなくて交流するに値しないと断じられたらどうしよう、とつぎつぎとよくないことを考えてしまう。

「兄上、大丈夫ですか？」

斜め後ろに立っているカールが、そっと声をかけてくれた。ユリウスがいつになく緊張していることを察してくれたらしい。ユリウスはちいさく頷き、前を向いた。

やがて王の間の扉が開き、隣国からの賓客一行が姿を現す。ユリウスの周囲に立っている重臣たちが、いっせいにざわついた。さもありなん。一行はまるで荒くれ者の風情だったのだ。

宿に逗留《とうりゅう》せず、野営を続けているのではという報告は受けていた。どうやらそれは真実だったようだ。薄汚れた衣服に、土埃《つちぼこり》を被《かぶ》った革鎧、浅黒い顔はだれもが垢《あか》じみていた。しかしその表情は明るく、疲れを感じさせない。まだまだ体力が有り余っている様子だ。

（あ……）

先頭に立つ偉丈夫に、ユリウスの目は釘付《くぎづ》けになった。一行はみな同程度の装束なのに、なぜかひとりだけ輝いて見える。すらりと背が高く、適度な筋肉がついた、均整がとれた体をしていた。腰に佩いた剣は、ユリウスが見慣れたカールのものよりも三倍は太く、二倍の長さがあるように思う。そうとう重いのではないかと容易に想像できるのに、彼は気にしていないかのように軽い足取りで歩いてきた。

（この方が、アルマンド国王……？）

黒褐色の癖毛はまるで猛獣の鬣《たてがみ》のようで、生命力にあふれた榛色の瞳はまっすぐにユリウスを見つめている。鷲鼻《わしばな》ぎみの大きな鼻と厚めの唇。その口角がくっと上がって笑みを浮かべた瞬間、ユリウスは背筋に稲妻が走ったほどの衝撃を受けた。

なぜか頬が熱くなってくる。もう目の前の男から視線を逸《そ》らすことができない。こんなことははじめてだ。そうだ、挨拶。挨拶をしなければ――。

「はじめまして、ユリウス・ヴィルヘルム・ヴェステルルンドと申します」

なんとか声が出た。

「ヴェステルルンド王国、四十八代目の国王です。このたびは招待に応じてくださって、ありがとうございます」

型通りの言葉を口にし、友好の印として握手をすることになっていたので右手を出す。

「はじめまして。アフティオ王国二代目国王、アルマンド・アーレ・アフティオです」

低すぎない張りのある声に、耳がじんと痺《しび》れた。アルマンドも右手を出してくる。剣ダコのある日焼けした大人の男の手だった。とたんに心臓が暴れ出す。ただの緊張ではないドキドキで胸が苦しくなった。

二人の手が、不自然な間とともに妙な空気の中で宙ぶらりんになる。ユリウスは勇気を出してアルマンドの手を握った。彼のてのひらは硬かった。カールよりも一回りは大きく、皮膚はなめし革のようで、乾いている。

ぎゅっと握ると、アルマンドの榛色の瞳が優しくユリウスを見下ろした。ユリウスもじっと見上げる。近くで見ると、よりいっそう惹《ひ》きつけられた。このままいつまでもアルマンドの手を握って見つめあっていたいという衝動に包まれる。

（この人と、お近づきになりたい）

だれかに対して、そんなふうに思ったのははじめてのことだった。

隣国とはいえ、ユリウスにとってとてつもなく遠い地にある国の国王だ。二国間の交流が正式にはじまったとしても、つぎにいつ会えるかわからない。滞在中にできるだけ親しくなりたい、友達になりたいと、切ないほどに思った。

「あの……お願いがあるのですが」

初対面の挨拶をしたばかりなのに不躾すぎるとわかっていても、望まずにはいられなかった。

「なんでしょう？」

粗野な外見からは不似合いなほど、アルマンドは優しく尋ねてくれた。その態度に勇気をもらい、ユリウスは思い切って願望を口にする。

「アルマンド陛下とは、これから親しく交流していきたいと思っています。つきましては、わたしのことをユリウスと呼んでくださいませんか？」

握手したままさらに距離を詰めていたことに、ユリウスは気づいていなかった。アルマンドが軽く目を見張って、ややのけ反るようにしたことにも。背後でマキネンが「陛下？」と潜めた声で制止しようとしたことにも。

「では、俺のことはアルマンドと呼んでください」

アルマンドが笑ってそう言ってくれたことで、ユリウスは胸がいっぱいになった。ユリウスの満面の笑みに周囲がザワついたことすらわからない。

アルマンドがユリウスから手を離した。一歩下がったと同時に、彼の側近らしい禿頭の大男――そんな異様な外見の男がそばにいたことにまったく気がつかなかった――が「陛下、しっかりしてください」と背中を支える。ユリウスはそれを見て、あっと声を上げそうになった。

いくら頑健そうな体格をして元気に見えていたとしても、彼だって普通の人間だ。長旅で疲れているに決まっている。王都に到着してすぐ、彼らは王宮の王の間に案内されてきたのだろう。休む時間くらい与えるべきだった。

「長旅でお疲れなのですね。今宵は歓迎の宴を予定していますが、それまでしばらく時間があります。どうか迎賓館でお休みください」

「お気遣い、ありがとうございます」

マキネンがアルマンドを扉へと誘導していく。その逞しい後ろ姿を寂しい気持ちで見送っていると、彼が振り向いた。

「では、あとでお会いしましょう」

「はいっ」

弾む声で返事をしたら、アルマンドがくすっと笑った。その笑い方がとても優しい感じがして格好よくて、ユリウスはしばし立ち尽くし余韻にひたった。

◇

案内された客室は落ち着きのある色彩でまとめられていながらも、さりげなく凝った家具が配置されたきれいな部屋だった。

（なるほど、ヴェステルルンド王国ほどの国になると、金ピカに飾り立てず、逆に控えめな贅沢《ぜいたく》をこうして誇示するんだな）

ぐるりと客室を見回して、アルマンドは窓から露台《ろだい》に出た。与えられた部屋は二階にあり、眼下には美しく整えられた王宮の庭園が広がっている。その向こうには森に囲まれた、青く澄んだ水をたたえた湖があった。

ヴェステルルンド王国の建国にまつわる、伝説の湖だろうか。馬で一周するのに半刻ほどはかかりそうな大きな湖なので魚が捕れそうなのに、そうした利用はしていないようで人影がまったくない。神聖な場所だから、一般の民は近寄らないようにしているのかもしれない。

王都エイルトヴァーラはその湖の東側に広がっている。王宮に入る前に街を通ってきたが、清潔に保たれ秩序があった。商業地区、住宅地区、工業地区と分けられ、雑多な印象はない。道行く民たちの身なりは、それほど華美ではないが整っていた。

自国の王都ほどの活気は感じられなかったが、穏やかな雰囲気はそう悪くはない。民たちの表情を見れば、生活にそれほど不満がないことくらいはわかった。

（それにしても、この王宮……）

王宮は戦いに備えた造りにはなっておらず、堀はない。アルマンドが暮らす砦城《じょうさい》とはまったく様子がちがっていた。見下ろした庭園に点在している警備兵の数も少ない。全体的にのんびりした空気が漂っているのは、長いあいだ、平和に暮らしていたせいだろう。外敵に備える態勢はまったくない。

大河を渡ろうとしたときも、国境警備を担当しているヴェステルルンド王国の兵士に誰何《すいか》されたが、事情を話すとすぐに解放された。王都までの道順を教えてくれたほどだ。

　戦いに明け暮れた半生を持つアルマンドには、信じられないことだった。あまりにもすんなりと王都にたどり着いたので、なにかの罠《わな》かと訝《いぶか》ったほどだ。

（あの国王とおなじだな。無防備すぎて怖い）

　ため息をつきながら、おのれのごつい手を見下ろした。あの白くて柔らかな手。骨格から華奢なのだろう、痩せているわけではないのに細くて、アルマンドが力をこめたらあっけなく折れてしまそうだった。

「マックス」

　室内を振り返り、ともに客室まで来たはずの男を呼ぶ。マックスはここまで案内してくれた迎賓館担当の侍従と、なにやら和やかに話しこんでいた。

　常人よりも巨軀で禿頭に傷のある厳つい顔という、子供が逃げ出すような凶悪な人相をしているくせに、マックスは人当たりがいい。初対面で警戒されても会話をするとすぐに親しくなってしまうのは、マックスの特技だろう。

　アルマンドが二人の会話が終わるのを待っていることに気づいた侍従が、「それでは、お時間になりましたら、またご案内いたします」と頭を下げて退室していった。

「なにを話していたんだ？」

「基本的には客室の使い方とか、夜に開かれる晩餐会の内容とか。でもまあ、その他いろいろと参考になることが聞き出せました」

マックスがそう言うからには、有意義な雑談だったらしい。

「ここはあなた専用の部屋らしいです。私は続き部屋に待機します。その他の剣士たちはまとめて向かいの部屋で、文官たちはその隣、といったところですね。迎賓館のこの一角はわれわれが自由に使っていいそうです」

「現在の来客が、俺たちだけなんだろう。これだけの建物をあまり使用していないなんて、もったいないな」

「それこそがこの国流の贅沢なのかもしれませんな」

アルマンドと会話をしながら、マックスは部屋中を点検して回った。どこかに人が潜める場所はないか、覗き穴のようなものはないか、仕掛け扉はないか、といったところだ。アルマンドも手伝い、時間をかけてひととおり見て回ったが、なにも見つからなかった。

「われわれを信用してくれているのか、それともただなにも考えていないのか、どちらだと思いますか？」

「自然の驚異——険しい山脈と大河によって守られるということは、こういうことなんだろう」

「うらやましいかぎりです」

マックスが苦笑いしたので、アルマンドも笑って頷いた。

「それにしても、すごかったな」

「なにがですか」

「ここの国王のユリウスだ。好みど真ん中だった」

「陛下、言い方」

「ものすごい美人だった。それに中身がかわいい。なんだあれは、本当にエルフの血が入っているんじゃないのか？　あまりの輝きに目が潰れるかと思った。ああ、あれ以上そばにいたら問答無用で抱きしめてくちづけていたところだ。あんな顔でおねだりされたら、俺はどんな書類にでも署名してしまいそうだぞ！」

「それはやめてください」

　落ち着いて、とマックスに椅子をすすめられる。

「あれで十八歳とは、驚きだ。純真無垢《むく》すぎて怖いくらいだ。超がつく箱入りに育てられると、彼のようになるのか」

「どうでしょうね」

　座ったアルマンドの体から、マックスが革製の脛《すね》当てを外してくれた。あとで汚れを落として磨いておかなければならない。アフティオ王国には侍従などという役の人間はいない。いるのは厨房《ちゅうぼう》の料理人や掃除洗濯を担当する下働きだけだ。国王といえど、アルマンドは自分のことは自分でする。他人に傅《かしず》かれるような育ちをしていない。

　上半身の革鎧を自分で外しながら、アルマンドはマックスに尋ねた。

「それで、さっきの侍従からなにを聞き出したのだ？」

「この迎賓館が使われるのは半年ぶりだそうです。半年前にユリウス陛下の成人の祝いがあり、国内の主だった貴族が集まったとか。その前は五年ほど出番がなく、他国からの客はめったにないらしいですね。ずいぶんと張り切っていましたよ」

「なるほど、ヴェステルルンド王国は基本的に、他国の王族とは交流をしていないのだな。民間の交易のみということか」

「そのようです。それと、外務大臣マキネンと内務大臣テルヴァの人となりについても聞きました」

「マキネンはさっき王の間から案内してくれた男だな。大国の大臣のわりには気安い雰囲気だった。たしか新国王の伯父だとか」

　外務大臣の名前と立場については他国を通じて情報が入っていた。仕事柄、表立って動いているからだ。

「ユリウス陛下の亡くなった母親の兄にあたります」

「では、王の間でユリウスの左横にいたのが内務大臣のテルヴァだな」

「柔らかな表情をしていましたが、目が笑っていませんでした。彼は癖がありそうに見えますね。その点、マキネンは裏表がありそうには見えませんでした」

　マックスの人物評に、アルマンドは頷く。

「まあ、晩餐会に出席すれば、もっと人間関係がわかるだろう。ユリウスの斜め後ろに立っていたのは、弟のカールか？　ユリウスの身内という位置にいながら、騎士の格好をしていた」

「おそらく。まだ十六歳ということですが、なかなかしっかりした体つきをしていました」

「そうだな、騎士としては将来有望そうだが、まだ子供だ」

　カールのことなどどうでもいい。アルマンドはとにかくユリウスに出会えた幸運に浮かれていた。

「晩餐会が楽しみだ。俺と親しく交流したいだと？　どんな交流だ？」

「陛下、くれぐれも失礼のないように気をつけてくださいよ」

「わかっている。うるさいな」

「とりあえず、湯浴みをして身支度を整えなければなりません」

「まあ、そうだな」

　客室にはひとつずつ浴室が併設されていた。気を利かせてくれたのか、石造りの浴槽にはすでに湯が溜《た》められている。浴室の天井は高く、手が届かない位置には明かり取りの窓があった。夕暮れ時の柔らかな光が差しこみ、湯を照らしている。贅沢な空間だ。

「湯浴みなんて何日ぶりだ？　先に使わせてもらう」

「どうぞ」

　アルマンドは豪快に服を脱ぎ捨て、湯の中に体を沈めた。

◇

　晩餐会はわずか二日で準備したとは思えないほど、きらびやかなものとなった。

迎賓館の広間には長方形のテーブルがいくつも並び、純白のクロスがかけられている。銀の燭台《しょくだい》にともされた蠟燭《ろうそく》の火が室内を明るく照らし、整然と並べられた銀食器がきらきらと光った。

室内管弦楽団が優雅な曲を演奏する中、ユリウスは国王の席につき、ホッとしながらマキネンの顔を見る。よくやった、とまなざしで労《ねぎら》った。

ユリウスの隣の席はまだ空いている。アルマンドが客室を出たという報告は受けているので、もうすぐ広間に到着するだろう。ドキドキしてきた。

そう待たずに隣国の男たちが広間にやってきた。アルマンドを含めた武官三十名、文官十名の全員を招待している。彼らを一目見て、ユリウスは驚いた。晩餐会の出席者たちもどよめく。王の間で会ったときとは、様子が一変していたからだ。

客室で湯浴みをしたのだろう、男たちは全員が身綺麗《みぎれい》にして、土埃で汚れていた革鎧ではなく一国の代表らしい衣装を身にまとっていた。武官たちが着用している騎士服は、それぞれの体格に合わせて仕立てられており、派手さはなく茶系でまとめられている。文官たちも茶系のすっきりした意匠の揃いの服を着ていた。

アルマンドだけが黒に近い濃紺の生地に、銀色のボタンの騎士服だ。

猛獣の鬣のようだった黒褐色の髪は後ろへ撫《な》でつけられ、形のいい額が露わになっている。きりりと上がった眉が強い意志を感じさせた。その下の榛色の瞳がユリウスを見る。

（あ……）

視線が合っただけで、胸が疼《うず》くように痛みはじめた。ゆっくりと近づいてくるアルマンドから目を離せない。ぼうっと口を開けて凝視している自分に気づき、ユリウスは慌てて口を閉じる。落ち着け、とおのれに言い聞かせた。

　ユリウスは立ち上がり、余裕があるようにわざとゆっくり会釈した。緊張したときはゆっくり動き、ゆっくりしゃべるようにこころがけるといいと教えてくれたのは、祖父だ。

「ようこそ、晩餐会へ」

「お招き、ありがとうございます」

　アルマンドは生まれながらの貴公子のように一礼し、ユリウスの隣の席に来る。マキネンが両国の友好を願う言葉を述べ、乾杯した。着席するとアルマンドは葡萄《ぶどう》酒を「とても美味だ」と率直な感想を言ってくれた。

「ありがとうございます。気に入っていただけたなら、迎賓館の客室に届けさせます」

「それはありがたい」

　アルマンドはもう一口飲む。

「変な癖がなく、素直な味わいがある。あなたのように」

　えっ、とユリウスは動きを止めてしまう。アルマンドがグラスを手にしたままニヤリと笑った。カッと顔が熱くなり、ユリウスはまた、落ち着け落ち着けと心の中で呪文のように唱える。

「料理も召し上がってください。すべて我が国で採れた食材を使っています」

「ヴェステルルンド王国は海もある。うらやましいほど食材が豊かですね」

「海産物を新鮮なまま内陸まで運んでくることはできませんが、新鮮なうちに海辺の加工場で熱処理して国内の隅々まで輸送する行程は確立しています」

「それはすごい。国民は海のものも陸のものも食することができて、栄養面で非常に恵まれているということですね」

アルマンドは話をしながらもどんどん食事を進めている。食べる速さがすごい。給仕係がアルマンドの様子をうかがい、追加で肉や魚の料理を取り分けるが、それを彼は平気な顔でするする食べた。

「さすが歴史ある国の料理は美味しい。食べたことがないものばかりで感心します」

「楽しんでいただけて、わたしもうれしいです」

アルマンドの臣下たちも大食漢のようだ。給仕係が忙しそうに行ったり来たりして追加の皿を運んでいる。やはり体が大きいだけあり、たくさん食べるのだろう。

「音楽も優雅で素晴らしい」

「ありがとうございます」

「俺は他の国にも表敬訪問したことがありますが、これだけ演奏しつづけても一曲もおなじものがないというのは、演奏家の技術が高いだけでなく曲がたくさんあるということですね」

ユリウスはびっくりしてアルマンドをまじまじと見つめた。食べながら、ユリウスと話をしながらも、アルマンドは演奏されている曲をしっかり聴いていたのだ。

「そ、そうです。我が国は千年のあいだに文化を成熟させました。芸術面はとくに誇りに思っています。過去の作曲家が遺《のこ》した楽曲が何千曲もありますので、一晩でも二晩でも、ひとつもおなじ曲をくりかえすことなく演奏することができます」

「王家が途絶えることなく続くということは、文化が継承されていくということなのですね。なるほど、勉強になります」

アルマンドの笑顔に、ユリウスはじんわりと胸をあたたかくした。アルマンドに対する好感度がさらに上がっていった。

いったん安堵《あんど》すると、澄まし顔をしたいのにニコニコと笑ってしまう。酒に弱い性質なのに、緊張して喉が渇くからと葡萄酒を飲んでしまったからだろうか。ふわふわと気分が浮き立ってくる。

食事が一段落すると、アルマンドの前に挨拶を求める貴族たちが列を成した。彼は面倒くさがることもなく、一人一人、丁寧に言葉を交わしていく。その中にマテリーナがいた。

「はじめまして、アルマンド陛下。外務大臣マキネンの娘、マテリーナと申します。ユリウス陛下の従姉にあたります」

「あなたがマキネン大臣のご令嬢ですか」

アルマンドがにこやかにマテリーナの手を取り、くちづけのしぐさをする。紳士が淑女にする見慣れた挨拶なのに、ユリウスはそれを見たくなくて視線を逸らした。なぜなのか自分でもわからない。

マテリーナは長くは話さず、すぐにつぎの人物に場所を譲って、自分の席に戻っていった。ユリウスはほっと息をつく。

挨拶の列の最後尾にカールがいた。ユリウスが「弟です」と紹介すると、アルマンドが親しげに微笑みかけた。カールは頬を紅潮させ、碧《あお》い瞳を輝かせて興奮した表情だ。

「アルマンド陛下、お会いできて光栄です」

「こちらこそ。騎士を目指して鍛練中と聞きました。まだ十六歳なのにご立派です」

「いえ、そんな、陛下はいまの私よりももっと若いときから戦場に立っていたとお伺いしています。民のために命をかけられたその姿勢は、素晴らしいと思います」

アルマンドがにこやかに応対しているからか、カールが「不躾なお願いとは存じますが」と前置きして、「私に剣の稽古をつけていただけませんか」と願い出た。ユリウスは驚いて腰を浮かす。

「カール、なにを――」

「いいですよ」

あっさりとアルマンドが受けてしまい、ユリウスはもっと驚いた。アルマンドはこの国に遊びにきたわけではない。これから時間をかけて交易についての話し合いが行われる予定だ。カールの相手をする暇などないのではないかと、ユリウスはうろたえる。

カールが自席に戻ると、アルマンドはひとつ息をついて葡萄酒を飲んだ。ユリウスはアルマンドに「申し訳ありません」と謝罪した。

「なにか、謝らなければならないことがありましたか？」

「弟のカールのことです。あなたはお忙しいのに、無理にカールに付き合う必要はありません」

「別に忙しくはないですよ。むしろ暇を持て余すと思います」

「でも交易に関する話し合いに……」

「それは文官に任せています。あなただって、話し合いの場には行かないのではないですか？」

「……行きません」

話し合いの進捗状況の報告は逐一受けるだろうが、ユリウスはそうした場には同席しないのが常だ。

大まかな部分を大臣たちが話し合い、詳細を文書にまとめるのは文官の仕事。そしてそれに最後に目を通して承認するのがユリウスの仕事だ。

それはアルマンドもおなじだと教えられ、ユリウスは恥ずかしさに俯いた。自分と同等の立場の人間と相対したことがなかったので、そんな簡単なことにも気づかなかった。ここは配慮の足らなさを謝ったほうがいいのか、そこまでするのは余計なことなのか判断がつかないでいるユリウスに、アルマンドが柔らかな口調で「おたがい、頼れる臣下がいて安心ですね」と言い、快活に笑った。

「この国に滞在中、俺はきっとやることがありません。弟殿下の剣の相手くらいできます。なんなら、一度だけではなく毎日でもいい。さらに騎士団の見学をさせてもらえたらうれしいですね。我が国に近衛騎士団はありません。軍に所属する兵士の中で剣技と馬術に長《た》けている者を剣士として扱っているだけです。カール殿下が見習い騎士として、騎士団でどのような鍛練を行っているのか、今後の参考にさせてもらいたいです」

楽しそうに語るアルマンドに、ユリウスはわずかに苛立《いらだ》ちを感じた。

「どうしました？」

口を閉ざして俯いたユリウスに、アルマンドが尋ねてくる。顔を覗きこむようにされ、見られたくなくてふいと背けた。

「なにかご不快なことでもありましたか。知らないうちに、俺が失礼な言動をとりましたか」

「……カールだけでなく、わたしともなにか約束してほしいです」

「おや、これはまた」

くっくっとアルマンドが声を殺して笑った。笑われてはじめて、ユリウスは発言内容があまりにも子供っぽかったと気づく。拗《す》ねているようにしか見えないだろう。そのとおりなのだが。

（だめだ、わたしは酔っている）

ユリウスは外の風に当たった方がいいと考え、立ち上がろうとした。しかし、くらりとよろめいてしまう。とっさにアルマンドが腕を摑んでくれなければ、床に座りこんでしまったかもしれない。

「もしかして、酔いましたか」

「はい……。外の空気を吸いにいこうかと……」

「では俺がお供をしましょう」

「えっ」

驚いているあいだにアルマンドが立ち上がり、ユリウスの腰を抱くようにして賑やかな広間から連れ出してくれた。そのまま庭園に出る。外はもうすっかり日が暮れて、夜空にはたくさんの星がまたたいていた。半月が東の空から中天へ向かって上ろうとしていた。

庭園には、酔い覚ましにそぞろ歩きができるよう、たくさんの篝火《かがりび》が焚かれて明るい。初夏とはいえ、この地域は夜になれば空気はいくぶん冷たくなる。しかし酔いに火照ったユリウスにはちょうどよかった。

アルマンドがユリウスをエスコートするように、ゆっくりと歩いてくれた。庭園に人影はなく、広間の喧噪《けんそう》は遠く、まるでこの世に二人きりになったかのようだ。密着しているアルマンドの体温を感じながら、ユリウスはますます酔いが回ってくるような気がした。

しばらく歩いたあと、アルマンドが呼びかけてきた。

「ユリウス」

二人きりだからか呼び捨てにしてくれている。ユリウスは弾む声で「はい」と返事をした。

「あなたを警護する兵士の姿がありませんが、どうしてでしょうか。今夜は晩餐会なので、物々しい警護を避け、人数を極限まで減らしましたか？　いや、それにしては庭園の警備兵もほとんど見当たらない……」

いかにも不思議そうに言うアルマンドに、ユリウスは微笑みながら「警護など必要ありません」と当然のことだと説明する。

「わたしはこの国の国王です。ヴィルヘルム王家の直系男子として生を受けました。王家に生まれたからには民のために死ぬまで働きます。それがさだめです。民はそんなわたしたちを敬ってくれるのです。わたしはまだ王座に就いてから日が浅い国王ですが、これからたくさん働いて、民から受ける尊敬にふさわしい賢王になりたいと思っています。国政にたずさわる大臣や文官たちも、この迎賓館で働く者たちも、みな等しくこの国の民です。わたしはみなを愛しています。信じています。わたしを害する者などおりません」

祖父からの教えだ。まずは自分が他人を信用しなければ、他人もまた信用を返してくれないと。

じっさいに祖父は王宮内では護衛をつけずに過ごしていた。王宮を出るときでも、わずかな護衛しか認めなかった。それでもなにも起こらず、祖父は天寿をまっとうした。

ユリウスも祖父とおなじようにしているだけだと説明する。

「大丈夫です、なにも心配することなどありません」

にっこりと笑ってアルマンドを安心させようとしたのだが、彼は唖然《あぜん》とした表情のまましばし固まった。そして盛大なため息をつく。

「ユリウス、楽観的すぎるのも問題ですよ。先王が無事だったからといって、あなたもそうとはかぎりません」

そう断言されると、少し不安になる。

「マテリーナもわたしに護衛をつけろと言うのです」

「マテリーナ……、ああ、マキネン外務大臣の。あなたの従姉ですね。そのマテリーナ嬢も、あなたには護衛が必要だと言ったわけですか」

「彼女はわたしに対して少し過保護なのです」

「いやいや、護衛については過保護とかそういう次元の話ではありませんから。ほら、あなたの腕はこんなに細い」

ユリウスの手をそっと持ち上げたアルマンドが、細い指を一本一本吟味するようになぞる。

「美しい指だ。爪はまるでガラス細工のように繊細で、皮膚は柔らかい。剣など振り回せないでしょう。そもそも似合いませんけどね。俺もマテリーナ嬢と同意見です。できるなら、俺があなたを守ってあげたいくらいだ」

熱がこもった瞳で見下ろしてくるアルマンドの顔を、篝火が照らす。大人の男の人だ。包容力を感じる、余裕のある笑みがあまりにも魅力的で、ユリウスは目を逸らせない。

「俺はあなたともっと親しくなりたい」

「はい、わたしもそう思っています」

「二人きりで、深く、おたがいを知りあいたい」

「はい、はいっ」

食い気味にユリウスは返事をする。アルマンドの瞳の奥がきらりと光ったような気がした。

「このあと、なにか予定がありますか？　もっと落ち着ける場所で、親交を深めましょう」

「このあとですか？　とくになにも……。自室に戻って寝るだけですけど」

「だれにも邪魔されず、二人きりになりたいのですが」

ユリウスはアルマンドの言葉に小首を傾げた。

「いま、二人きりですよ？」

「たしかに二人きりですが、ここは外です。落ち着かないのではないですか？」

ぐるりと周囲を見渡したが、篝火で照らされた庭は静かだった。自分たち以外にそぞろ歩きをしている招待客はいない。

「いえ、とても落ち着く環境だと思います」

「おや、ユリウスは意外と大胆なんですね。嫌いじゃないです」

アルマンドがニヤリと笑うので、ユリウスは微笑んだ。嫌いじゃないということは、少しは好きでいてくれるということだろう。うれしい。

するりとアルマンドの腕が伸びてきて、ユリウスの肩を抱き寄せてきた。アルマンドの逞しい筋肉を感じ、あらためてユリウスは心からうらやましくなる。いったいどうやって鍛えたら、こんな体になれるのか。

「アルマンドはどのような子供時代を過ごしたのですか」

「いきなりどうしました」

「とても立派な体格をしていますから、興味を持ちました」

「なるほど。私の体に興味を抱いてくれたということですね。服を脱いで、あなたにだけ内緒でお見せすることができますが？　心も体も準備はできています」

慌てて止めたら、アルマンドが不審そうな表情で黙った。

「ここで脱ぐのはやめておいた方がいいです。少し寒いです」

「いくら頑健な体でも、風邪を引きかねません。脱がなくても大丈夫です。服の上からでもじゅうぶんに想像がつきます」

「……ここでは脱ぎませんよ。だから場所を移して――」

「場所？　どこですか？」

晩餐会の途中で服が脱げる場所なんてどこだろう、とユリウスは賑やかな広間を振り返った。

「服を脱げる場所がどこかにあるのかもしれませんが、わたしにはわかりません。せっかくのご厚意なのに、ごめんなさい」

謝ったユリウスを、なぜかアルマンドはぽかんと口を開けて眺めている。視線を逸らし、俯いて、アルマンドは小刻みに肩を震わせはじめた。

「どうかしましたか？」

「いや、なんでも」

くっくっく、とアルマンドが耐えきれないように笑い声を漏らした。ユリウスは自分の言葉のなにがアルマンドを笑わせたのかわからず、目を瞬《まばた》く。

「まいったな……」

ああ、とアルマンドがため息をつき、ユリウスに向き直った。肩にまわしたままの腕にぐっと力が入れられる。

「なんてかわいい人なんだ。そうか、そうだよな、深窓の姫君なんだ、なにも知らない――」

「深窓の姫君？　わたしがですか？　わたしは姫ではありませんよ」

ちょっとムッとして抗議したら、「言葉の綾《あや》です。すみません」とすぐに謝ってくれた。

「ユリウス」

「はい」

「俺はあなたのことをもっとたくさん知りたくなりました。俺はこんなふうに不調法で粗野な男ですが、受け入れてくれますか」

ユリウスの胸がときめいた。これは絶対に社交辞令ではない。

「はい、わたしもアルマンドのことを知りたいです。よろしくお願いします」

「こちらこそ、よろしく」

広間に戻りましょうかとアルマンドが提案したので、ユリウスは頷いた。そっと体が離されて、寂しく思う。

「アルマンド、ひとつ、いいですか」

「なんでしょう」

「あなたは粗野でも不調法でもありません。とっても素敵な紳士です」

「それはありがとう」

晴れやかなアルマンドの笑顔は、夜の庭園を照らす光のように眩しかった。

◇

晩餐会はとどこおりなく終わり、アルマンドたちは迎賓館の客室に戻った。

文官は明日からはじまる交易の交渉に備えて、早々に寝るらしい。よい心がけだ。酒が明日に残ってもいけないのであまり飲まなかったというから、宰相ハラルドの教育は完璧だ。素晴らしい。

アルマンドは自分にあてがわれた部屋にマックスとともに入り、まずは楽な服装に着替えた。

迎賓館担当の侍従が気を利かせたのか、居間のテーブルには酒の瓶と透明感があるガラス製のグラスがいくつか置かれている。

「お、これはいい。蒸留酒だ」

酒の瓶が未開封であることを確認して、アルマンドとマックスは二次会ときめこんだ。琥珀《こはく》色の酒をグラスに注ぎ、ソファに腰を落ち着ける。

「最初の印象どおり、この国はずいぶんとのんびりした気風のようですな。この国の識字率は男女ともに七割以上だそうです。子供時代から無料で学べる制度が整っているらしく、読書が趣味という農民もいるとか。読み書き計算だけでなく、望めば芸術方面を学ぶこともできるらしいですね。自慢げに語られて、いささか悔しい思いをしました」

苦笑いするマックスのグラスに、追加の酒を注いでやる。

アルマンドがユリウスと親交を深めているあいだ、マックスはテーブルをおなじくするヴェステルルンド王国側の貴族たちから、いろいろな話を仕入れてきていた。

アルマンドはガラスの透明度とカッティングの技術が美しいグラスを、しみじみと見つめる。

「いいグラスだ」

「この国は金が採れます。ガラスの原料も、どこかの山で良質のものが採れるのではないですか？」

「かもしれないな」

国が安定していれば、文化が成熟していく。こうした加工技術も伸びていくものだ。

アルマンドはユリウスのあの穏やかな笑みを思い出した。

『王家に生まれたからには民のために死ぬまで働きます』

『これからたくさん働いて、民から受ける尊敬にふさわしい賢王になりたいと思っています』

国王を敬ってくれる民のために働くのだと、変な気負いもなく自然に語っていた。

今回、この国にみずから来てよかったと、アルマンドは思った。

ヴェステルルンド王国の様子を実際にこの目で見ることなく、最初に派遣した重臣からユリウスのそんな談話を聞いていたら、世間知らずの新国王はなにを甘い理想論を恥ずかしげもなく言っているのかと嘲笑していたかもしれない。

けれどユリウスのあの言葉は、ただの理想論ではなかった。国王のあの姿勢があってこそ、国民は国王を敬愛し、平和を保っていられるのだ。伊達《だて》に千年も続いていないということか。

「俺たちの滞在は嫌がられていないのか」

「多少は胡散臭《うさんくさ》がられているようですが、そうしたところも面白いと思われているように感じます。人という生き物は、あまり平和が続きすぎるとなにがしかの刺激を求めるものですから」

アルマンドはつい声を上げて笑ってしまった。

「そういえば、ユリウス陛下について興味深い話を聞きましたよ」

ユリウスの話となれば絶対に聞いておかなければならない。アルマンドは身を乗り出した。マックスが人の悪い笑みを浮かべる。

「外務大臣マキネンの娘と結婚間近らしいです」

驚愕のあまり声も出なかった。晩餐会で挨拶をした、聡明《そうめい》そうな女性の姿が思い浮かぶ。そのあとユリウスの口からも彼女の名は聞いた。

「そんな話、ユリウスから聞いていないぞ。従姉で、姉のような存在だと」

「子供のころから仲がよく、成人後も頻繁に会っているとか。お二人ともほかに親しい異性がまったくいないそうです。正式な婚約はまだですが、王妃にふさわしい女性はマテリーナ嬢しかいないと、私とテーブルをおなじくしていた貴族たちは口を揃えて言っていました。マテリーナ嬢は大変、民に人気があり、結婚が正式に発表されたら大歓迎されることまちがいないなどと——」

「ちょっと待て、正式に婚約していないんだな？　それは結婚間近とは言えないだろう」

「非常に仲がよい従姉。しかも重臣の娘。これ以上の相手はおりますまい。残念でしたね、陛下」

「いや、いやいやいやいやいや、ない。それはない。ユリウスは結婚しない」

　あの無垢な青年が女性と結婚するなど、想像したくもない。アルマンドの口説きにまったく気づかず、服を脱げる場所を真剣に考えていたほど初心《うぶ》だった。

「陛下がそう思いたいのはわかりますが——一国の王ともなれば後継をもうけなければなりません。新興の我が国とヴェステルルンド王国はちがうのです。現在、王家の直系はユリウス陛下と弟のカール殿下のみのようです。カール殿下の母親は平民の元侍女だそうなので、国民はみなユリウス陛下に世継ぎをもうけてもらいたいでしょうね」

　マックスはアルマンドを打ちのめす効果のある事情を容赦なく重ねてくる。

「ユリウスがあの令嬢と結婚……」

　アルマンドはがくりと肩を落とし、ソファに沈みこんだ。

「あともうひとつ、伝えておきたいことがあります。カール殿下は内務大臣テルヴァの娘と恋仲だそうです」

　思いもかけない情報に、アルマンドは「ん？」と眉をひそめた。

「どういうことだ？」

「つまり、外務大臣の娘と国王の結婚が確実視されていて、内務大臣の娘と王弟が数年後に結婚する可能性があるということですな」

「……ずいぶんと近場で相手を見繕うのだな」

「どんな感想ですか、それ」

マックスが呆れた顔をする。それに構うことなく、アルマンドは即決した。

「よし、明日もユリウスに会いにいこう」

面会の申し入れをすれば、こちらは国賓だ、とくに重要な理由がなくとも会ってくれるだろう。

結婚話の真相を聞き出したい。マテリーナとの結婚が本当なら、祝いとしてとびきりの馬を贈ろう。泣きながら。想像しただけで涙が滲みそうになるが。

そしてもし、結婚話がただの噂《うわさ》にすぎないなら、ユリウスとの時間を楽しみたい。彼の邪心のない清い中身に触れたかった。いつの間にか自分が失ってしまった大切なものを、ユリウスはまだ持っているような気がする。

「おまえたちは交渉を頑張《がんば》ってくれよ」

「言われなくともそっちは頑張ります。ですが、陛下、くれぐれもユリウス陛下に無体なことをしないでくださいよ」

「おい、俺をなんだと思っている。理性のある人間だぞ。そりゃ、望まれれば手取り足取りすべて教えてさしあげたいが」

死ぬほど好みでかわいくても、考えなしに手を出せる人物ではない。アルマンドはこれでも一国の王だ。国の不利益になるようなことは、できるだけ避けなければならない。おまけにユリウスは超がつくほどの箱入りだ。恋のかけひきなどまったく知らない。死ぬほど手を出したいが、いったいどうやってそういう雰囲気までもっていけばいいのか。

いままで、アルマンドが声をかけて靡かなかった相手はいなかった。ユリウスはいろいろな意味で、アルマンドにとってかなり特別な存在になりそうだ。

「お願いしますよ」

マックスが不安そうに念押しして、さらになにか言いたそうにしていたので、黙らせるために側近のグラスに酒を追加してやった。

◇

翌日から、二国間の交易に関する会議がはじまった。

まずは大枠を役職についた者同士で話をし、詳細は文官たちが文書にまとめながら決めていく。

ユリウスは会議に出席することはなく、国王としての通常の執務を片付けながら、進捗状況の報告を受けていた。

午後になり、お茶の時間の前に、ユリウスは執務室を出る。いそいそと王宮の居住区へ戻る国王を、文官たちが見送ってくれた。

アルマンドがユリウスとの面会を希望していると聞いたのは今朝のこと。理由は「交流を深めるため」らしい。ユリウスは歓喜し、彼と温室でお茶の時間を過ごしたいと思い、迎賓館に伝えてもらった。晩餐会でかなり距離が縮まったとうれしく思っていたが、つぎはいつ会えるのだろうかと悩ましい気持ちでいたところだったのだ。こんなに早く向こうから動いてくれて感激する。

いつもマテリーナやカールとお茶の時間を過ごす温室は、王宮の居住区にあり、王族の私的な空間だ。そこに国賓とはいえ他国の者を招待するのは異例だとわかっていた。通常なら、客が滞在している迎賓館内の応接室を使うだろう。けれどユリウスは、自分が気に入っている温室でアルマンドとお茶を楽しみたかった。

温室にはすでに老侍従たちがテーブルと椅子を出してくれていた。

「陛下、アルマンド陛下です」

温室の扉から、べつの侍従に先導されたアルマンドが入ってきた。今日はゆったりとした綿のシャツと、乗馬用のような脚にぴったりとしたズボンという服装だ。晩餐会のかしこまった騎士服も、初対面のときの革鎧姿も素敵だったが、くつろいだ普段着の姿もまた格好いい。

その腰には剣がぶら下がっていなかった。今日は置いてきたようだ。アルマンドはユリウスと同等の位にある人物なので、帯剣を許可している。ユリウスのお茶会に剣を置いてきてくれたのは、公務の範疇《はんちゅう》ではなく気安い訪問と思ってくれたようでうれしかった。

「こんにちは、ユリウス。きれいな温室ですね」

アルマンドが白い歯を見せて笑う。シャツのボタンが喉元から三つほど開いていた。逞しい胸がすこし見えていて、ユリウスはドキドキしてしまう。

晩餐会のときに脱いで体を見せてもいいと言ってくれたアルマンドだ。今日はわざわざ胸元を開けて、ちらりと見えるようにしてくれているのかもしれない。

「ようこそ、アルマンド。面会の申し出をしてくださって、ありがとうございます」

「それはこちらの台詞《せりふ》です。受け入れてくださっただけでなく、王宮の奥にまで通していただけて、感激しています」

なごやかな雰囲気で、二人きりのお茶会がはじまった。

「これは素晴らしいお茶だ。茶葉も国内で生産しているんですか」

「はい。お茶の木は、麦や豆などの栽培に適さない荒れた地でも育ちます。むしろそうした土壌の水はけのいい斜面がふさわしいとされていますので、山に近い場所に住む民にとって、たいへんありがたい木なのです」

「なるほど、土地に合わせたものを栽培しているということですね」

「我が国は場所によって気候がちがいますから」

「国内でさまざまなものが採れるのはうらやましいですが、それはそれで統治が大変そうです。俺の国などは簡単ですよ。国土は広いですが、どこへ行っても気候はほぼ変わりません。若干、暑いか寒いか、雨がやや降るか降らないか、といったていどです」

「けれど国土が広いと隅々まで目を配るのは骨が折れることではないでしょうか」

まずはおたがいの国の話などをしつつ、焼き菓子をすすめた。

「南方の国から運ばれてきたスパイスが生地に練りこんであるのです。美味しいですよ」

アルマンドは一切れ手に取り、ちらりと温室の隅に控えている侍従を見遣った。老侍従とまだ見習いの若い侍従が並んで立っている。

「毒味役は……いないようですね」

「ああ、気になりますか。そうですよね。気が利かなくてすみません」

ユリウスは急いで一切れを口に入れた。もぐもぐと咀嚼《そしゃく》して飲みこんでみせる。いつもと変わらない美味しさだった。

「大丈夫です。どうぞ」

アルマンドが唖然とした顔をしている。口のまわりに菓子のかけらでもついているのかなと、ユリウスは指先で唇をそっと撫でた。

「あなたという人は……」

「はい？」

「いや、いいです。ユリウスはいつも毒味役を置いていないということなんですね。臣下を信用しているから」

「そうです」

アルマンドも焼き菓子を一切れ食べた。ひとつ頷き、「たしかに美味しい」と言ってくれる。

「ユリウス、気を悪くしないでもらいたいんですが、今後、俺は自分用に毒味役を連れてきたいと思います。許可してもらえますか」

「もちろん、構いません。他国で用心なさりたいお気持ちは、よくわかります。わたしが毒味役を置いていないのは、わたしの勝手ですから、アルマンドのお気のすむようにしてください」

「ありがとうございます」

「護衛もどうぞお連れください」

「ああ、じつはいまも連れてきています。二人だけですが、温室の外に待機させています」

「そうだったのですか。外ではなく、中に入っていただいても構いませんよ。なんでしたら、お茶でも――」

ユリウスが腰を浮かしたら、アルマンドが「お気になさらず」と制してきた。

「この国でも王族と臣下の護衛がひとつのテーブルにつくことはないでしょう？　われわれもありません。彼らは護衛なので、あそこで立っていることが仕事です。それに、仕事中は飲食しません」

そう言われて、たしかにそうだとユリウスは納得した。他国の王族を国に招いて、こんなふうに親交することなどはじめてだから加減がわからない。臣下は臣下で、客ではあっても対応に差をつけてもいいのだということを、ユリウスは理解した。

ユリウスはしゅんと俯いた。

祖父の後継はユリウスなのだと、少年期から言い聞かせられて育ってきた。さらにその以前、幼児期から次期国王としての教育を受けてきて、さまざまな事柄が頭に入っている。祖父や教師からは、記憶力が優れていると褒められたこともある。

　けれど即位してから座学と実践はちがうのだと、つくづく思い知らされている。どれだけ国の法律や過去の判例などを記憶していても、それをどう使うかは経験がものをいう。

「アルマンド、ご不快に思われたのなら申し訳ありません。わたしにはまだまだ経験が足りません。いたらないところがあったら、遠慮せずに指摘してください」

　本心からの言葉だったが、アルマンドが声をたてて笑った。ユリウスの憂いなど弾き飛ばしてしまうような笑い声だった。

「ユリウス、なにを心配しているのですか。俺は不快になどなっていませんよ」

「そうですか？」

「あなたは俺をもてなそうとしてくれているし、とても正直に話もしてくれている。不快なんてとんでもない。俺はこの時間を、とても楽しんでいます。ユリウス、あなたと過ごすひとときは、俺にとって最高に幸せな時間なのです」

　じっと榛色の瞳がユリウスを見つめてくる。あまりにも凝視されて、ユリウスは胸がまたキュッと痛くなった。アルマンドといっしょにいると、どうしてたびたび胸が締めつけられるのだろう。それに、顔が熱くなってくるのがわかる。

「……あの、そんなに見つめないでいただけますか。話しにくいです」

「すみません。あまりにもお美しいので、目が離せなくなっています」

「わたしは美しいですか？」

つい尋ねてしまった。アルマンドがきょとんとする。

「お美しいですよ。この国の人たちは、ユリウスをそう評さないのですか？」

「いえ、よくそう言われますが、わたしは神聖視される立場なのでお決まりの言葉なのかと思っていました」

「そんなわけないでしょう」

「それに、あの、美の基準というものは国によって異なると聞いていたので、アルマンドの目から見てもそうなら――その、うれしいです」

正直に話をしているという評価を受けたので、ユリウスは照れながらも思ったことをそのまま言葉にした。するとアルマンドの浅黒い顔がほんのりと赤く色づいたように見えた。その変化が意外で、ユリウスはまじまじと見つめてしまう。今度はアルマンドの方が照れた表情で顔を背けた。

「見ないでください。俺の顔なんて、そんなに凝視するものじゃありませんよ」

「さきほどのお返しです」

ふふふ、と笑いながら言うと、アルマンドがコホンとひとつ咳払《せきばら》いした。

「つかぬことをお伺いしますが」

「はい、なんでしょう」

「ユリウスが外務大臣のご令嬢と結婚間近だという話を小耳に挟みました。本当ですか」

えっ、とユリウスは硬直した。一瞬で笑顔を消したユリウスに、アルマンドが「事実のようですね」と寂しそうな目をする。

マテリーナに何度も結婚を申し込んだのは事実だ。けれど、いまそれをアルマンドの口から問われ、自分でも戸惑うほど言葉に詰まった。

「あの、どなたからお聞きになったのか知りませんが、その話は正しくありません。わたしの結婚はまだなにも決定していません」

「そうですね、まだ正式にはご婚約もなされていない。けれどマテリーナ嬢といつでも結婚できる状態なのでは？」

「いえ、そんなことはありません。国王の結婚とは、そんなに簡単なものではないので、いつでもなどと、そんなことはなく……。本当に、なにも決まっていません。わたしが、結婚するならマテリーナが安心だと思っているだけで、彼女には断られています。あ、いえ、その、結婚は本当に――」

　ユリウスは焦るあまり、しどろもどろになっている。もっと理路整然と否定しなければならないのに。なぜこんなにも動揺しているのだろう。アルマンドに自分の結婚について言及される事態など、想定外だった。思いがけない話題だったからだろうか。

　いや、そうではない。きっとそうではない。ではなぜ？

「ユリウス、落ち着いて」

　アルマンドの手が伸びてきて、テーブルの上でユリウスの手をぎゅっと握った。剣ダコのある大きな手だ。日に焼けた褐色のそれが、ユリウスの真っ白い手を覆う。さらりと乾いたてのひらから、ぬくもりが伝わってきた。

「不躾な質問をしてしまいました。もう聞きませんから、落ち着いてください」

「でも、あの、わかってもらえましたか。わたしはまだ結婚しないこと。なにも決まっていないこと」

「わかりました。あなたはまだ結婚しないのですね」

「はい」

ホッと息を吐きながら、アルマンドを見つめる。視界がぼやけているのは、自分の瞳が涙で潤んでいるからだと気づいた。冷静さを欠いただけでなく、こんなことで涙ぐんでしまうなんて、一国の王として失格だ。なにがあろうと取り乱してはならないのに。

そんな自己嫌悪に陥っているユリウスの心情を察したのか、アルマンドが「一国を背負うのは、なかなかに大変なことです」と語りだした。

「ましてやあなたは千年続く国の王だ。俺とは立場がおなじようでまったくちがう。俺はあなたを尊敬します。まだお若いのに、よく耐えておられる。そしてこれからも耐えていこうと決意されている。あなたは強い心をお持ちだ。この国の民は、国王があなただというだけで、ずいぶんと幸運だと思いますよ」

「アルマンド……」

そんなふうにユリウスに言ってくれた人ははじめてだ。みんなユリウスが国を統治して繁栄を持続させていくことが当然だと思っている。もちろん支えてくれる人はたくさんいるが、おなじ国王という立場からの目線で理解を示してくれたアルマンドの労《いたわ》りに、ユリウスは感激した。

「ありがとう、ございます」

感謝をこめて、アルマンドの手を握り返した。しばらくそうして黙って手を重ねてぬくもりを感じていたが、ふとユリウスはアルマンドの結婚事情はどうなっているのだろうと気になった。

新興国の二代目国王であるアルマンドは、さきほど言っていたようにユリウスとはまた事情が異なっているだろう。もしかしたらアルマンドは結婚していないだけで、深い関係の女性が国にいるのではないだろうか。こんなに魅力的な外見をして健康そうなのだ。さぞかし女性にモテるのではないか。

子供がいる可能性にも思いいたった。アルマンドはもうすぐ三十歳と聞いている。王族は早ければ成人と同時に婚姻する。婚姻しなくとも男女が性交すれば子を授かる。三十歳ともなれば長子が十歳ほどになっていても不思議ではない。

アルマンドによく似た子供たちと、閨で抱かれるのを待っている女性たちがアフティオ王国の王城で待っているとしたら——。

そこまで想像したところで、腹の底からドス黒いなにかが渦巻きはじめた。アルマンドに閨で抱かれる、顔も知らない女性たちが恨めしい。子供たちはきっと元気でかわいいだろう。

国に妻同然の女性はいるのですか、子供は何人いますか。

知りたいけれど、聞けない。聞いたら、さきほどよりも取り乱してしまいそうだった。

「少し、歩きましょうか」

アルマンドに手を引かれ、ユリウスは立ち上がった。温室の外は庭になっているが、迎賓館の庭園とはちがって野趣あふれる造形になっている。樹木は人工的な刈りこみはせず、下草も適度に生やしてあった。整備されすぎていない小道が作ってあり、いまの季節、そぞろ歩きには最適の場所だ。

昼下がりの木漏れ日がちらちらと眩しい中、ユリウスはアルマンドと手を繋いだままでゆっくり歩いた。

すこし離れて帯剣した屈強な男が二人、ついてきている。アルマンドの護衛だ。二人はまるで双子のように、顔と背格好がとてもよく似ていた。年齢は二十代半ばくらいだろうか。

「こちらの庭もいいですね。趣がちがって」

「十五年ほど前、わたしとカールが遊べるようにと、祖父が造ってくださいました。わたしも大好きな場所なので、気に入っていただけてうれしいです」

かつてカールと遊んだ小川や、丸太を削っただけのベンチを案内して回っているうちに、護衛の存在を忘れた。

気がついたらずいぶんと時間を過ごしていて、日が傾きはじめている。アルマンドとの楽しい時間がもう終わりだと思うと、寂しかった。

「ユリウス、お願いがあるのですが、聞いてもらえますか」

「はい、なんでしょう」

「この王宮の南の森にある湖は、建国にまつわる、あの伝説の湖ですか？」

「そうです」

迎賓館の客室はすべて自慢の庭園とその向こうにある湖が見えるように造られている。アルマンドも窓から景色を見たのだろう。

「近くで見ることはできるでしょうか。窓から眺めただけでも神秘的なものを感じました。人影がまったく見えなかったので立ち入りを禁止されているのかと思いまして。もし近づくことができるのならば、行ってみたいのですが」

「大丈夫です。一般の民は立ち入り禁止になっていますが、アルマンドは大切なお客様です。我が国をよりよく知ってもらうために、どこにでもお連れしようと思っていました。湖へは、わたしが案内いたします」

自分でもかなえられる願いだとわかり、ユリウスはがぜん張り切りだした。

「ユリウスがみずから？」

「案内させてください。とてもきれいな湖なのですよ。いつ行きます？　執務は調整します」

「それは楽しみだ」

アルマンドの明るい笑顔に、ユリウスも満面の笑みになる。また会える約束が成立したことが、とてもとてもうれしかった。

◇

アルマンドは動きやすい着慣れたシャツとズボン、薄手の上着を羽織り、腰には剣を下げた。

短めのブーツの中には細い短刀を隠し、上着の内側にも何本か仕込む。それらを合わせた重量はずいぶんなものになるが、つねに鍛えているアルマンドにはたいした負担ではなかった。

姿見に自分をうつし、隠した武器が一見しただけではわからないことを確認する。

その様子をそばで眺めていたマックスが、渋面で尋ねてきた。

「そんなに武装してまで、伝説の湖に行きたいのですか」

「どちらかというと、俺は湖の見物よりもユリウスといっしょにいたい」

「ユリウス陛下にお会いしたいだけなら、警備しやすい室内でのんびりお茶でも飲んでくださいよ」

「いや、外出してわざと隙をつくり、どちらが狙われているのかはっきりさせたい」

「陛下がわざわざ囮《おとり》にならなくても……。なにかあったらどうするつもりです」

「なにもないさ。俺の腕を信用しろ」

「あなたの腕っぷしが強いのは存じ上げていますがね」

マックスが大きなため息をついたが、アルマンドは無視した。

ユリウスに温室でのお茶会に招待されたのは一昨日《おととい》だ。温室の庭を散策したそのとき、アルマンドは不審な気配を察知していた。

「あれは、かすかに殺意を秘めたものだった」

ユリウスはまったく気づいていないようだったし、庭のどこかに潜んでいる者からの気配はいますぐ襲いかかってくる感じではなかったので、アルマンドは素知らぬふりをした。

ユリウスと別れて迎賓館に戻ってから、アルマンドは護衛として連れていった二人の剣士に、気配について聞いてみた。二人とも気づいており、襲いかかってくる様子はなかったしアルマンドの指示がなかったので見逃したと答えた。他国の王宮の敷地内という、場所が場所なだけに、その対応は正しい。

　アルマンドかユリウスか、どちらかが狙われているのは明確だが——はたしてだれがどんな目的で王宮深くに暗殺者を送りこんだのか。

「狙われているのが俺なら、南か東の国だろう。この国の滞在中に目を付けたのは賢い。もしここで俺が死んだら、ヴェステルルンド王国の責任になる」

「陛下が亡くなれば大陸の中央地帯がまた乱れ、その隙に領土を拡大できるとでも安易に企《たくら》んでいるのでしょうかね」

「その考えは甘いがな。俺が死んでもハラルドがいる。共和制にしたいという野望を抱いている有能すぎる宰相が。俺を殺しても中央地帯はそう簡単には乱れないだろう」

「ヴェステルルンド王国が陛下を暗殺しようとしているとは考えないのですね」

「俺を殺しても利がない。逆に不利益を被るかもしれん。警備を怠り、国賓である俺を死なせてしまってはハラルドを怒らせてしまう。アフティオ王国と戦争にでもなったら、いまのヴェステルルンド王国は勝てないんじゃないか？」

「まあ、軍はありますが、国境の警備が主な仕事のようですからね。我々に対抗する軍事力は保有してなさそうです」

　アルマンドは両手で髪を整え、自分の顔を右から左からじっくりと観察した。髭はきっちり剃《そ》ったし、鼻毛も出ていない。昨夜は深酒もせずに早めに寝たので、肌の色艶はよかった。

「命を狙われているかもしれないというのに、浮かれていますね。それは、あれですか、ユリウス陛下が結婚話を否定したからですか」

「非常にめでたい」

「嘘《うそ》かもしれませんよ。陛下が自分に気があるとわかっていて、気持ちを引き留めるために否定したのかもしれません」

「いや、あれは嘘をついた顔じゃなかった。泣きそうになっていたからな。かわいそうだった。あんな顔をさせてしまって申し訳ないと思ったよ。この俺が」

紫色の瞳が潤み、アルマンドに必死で言い訳をしていたユリウスは、背筋がぞくぞくするくらいに可憐《かれん》だった。抱きしめたくなったが、手を握るだけにとどめた。

「一昨日は突然だったので対応しなかったが、今日は準備万端で挑む。もしまた暗殺者が現れたら追っ払って、とっ捕まえてやるぜ。だれがどんな目的で暗殺者を放ったのか、つきとめてやる」

ひさしぶりの荒事の予感に、アルマンドは血が沸き立つようだった。剣士としての本能が、狩りを期待している。それと同時に、もし狙われているのがユリウスならば、なんとしてでも守ってやりたいと思っていた。

ユリウスは臣下を無条件に信用していたが、非常に危険な考え方だ。百人の臣下がいて、九十九人がユリウスに従っていたとしても、残りのたった一人が刃《やいば》を向ければ無防備なユリウスは命を奪われてしまう。

「それで、段取りは？」

身支度は整った。姿見から離れて隣の部屋に行きながらマックスに問う。

「陛下の指示どおり、湖の周辺に剣士を配置しました。ヴェステルルンド王国側に気取られては説明が面倒だと思い、まだ夜が明けきらないうちに人員を動かしたのですが、まったくの杞憂《きゆう》だったようです。湖の周辺には人気《ひとけ》がありませんでした。王宮の敷地内にあたると聞いていたのですが、とくに警備はしていないようで……」

　予想にたがわない無防備さに、アルマンドはつい笑ってしまった。

「その方が、俺流でやれて好都合だ」

　続きの間には、剣士が三人、待っていた。アルマンドと視線を合わせ、敬礼してくる。三人のうち二人は一昨日も護衛を任せた男たちだ。この二人は双子で、名をクルトとレオという。外見だけでなく考え方もよく似ている。連携をとった戦い方はだれにも真似できないほどだった。もう一人はティノといい、今日は毒味役として連れていく。三人ともアルマンドとは旧知の仲で、いちいち詳しい説明をしなくとも意を汲《く》んで動いてくれるから非常時には重宝する存在だった。

「よし、行くぞ」

「はっ」

　短く応えた三人を連れて、アルマンドは迎賓館を出た。

　ユリウスとの待ち合わせは温室だ。ユリウスが子供のころに遊んだという庭から湖まで、道が繋がっているらしい。

　温室の窓際に置いた椅子に、ユリウスは座っていた。

「おはようございます、アルマンド」

午前中からユリウスに会うのははじめてだった。温室には一昨日とはちがう角度からの陽光が差しこみ、見慣れた長衣ではない動きやすそうな服装をしたユリウスを照らしている。膝丈のシャツとズボンという格好だ。靴も華奢なサンダルではなく、編み上げの短いブーツを履いている。

「おはようございます。お待たせしましたか」

「いえ、わたしが楽しみにしすぎて早く来てしまったのです。お気になさらず」

立ち上がったユリウスに、一昨日も見た老侍従が薄手の外套《がいとう》を着せかける。その横に、重そうな背負い袋と籐のバスケットを持った若い侍従がいた。こちらも一昨日の温室にいた者だ。どうやらこの侍従が今日は同行するらしい。荷物の中身はおそらく途中の休憩に使う茶器や軽食、敷物だ。

「ティノ、荷物を」

毒味役の兵に命じると、ティノはその若い侍従から背負い袋を取り上げた。侍従はしきりに恐縮していたが、ティノの方が体格がいいのだから当然のことだ。

そのやり取りをユリウスは目を丸くして眺めている。侍従一人が重い荷物を担うことには気づいていただろうが、それを分散させることまでは考えがいたらなかったのかもしれない。

「行きましょうか」

アルマンドが促すと、我に返ったようにユリウスが「はい」と元気に返事をした。

一行は温室から庭に出て、湖を目指した。庭の中の道は大人が二人横に並んで歩けるほどの幅があったが、やがて森に入ると道は一人しか通れないほどに狭くなった。

先頭を双子の片割れクルトが歩き、ユリウス、アルマンドと続く。そのすぐ後ろはティノ、侍従、そして最後尾は双子のもう一人、レオだ。

　歩く速度はユリウスに合わせてゆっくりだった。先頭のクルトが護衛として全方位に注意を向けながらもユリウスの歩調に合わせなければならず、苦心しているのがわかる。

「あ、もうこの花が咲く時期になったのですね。わあ、かわいい」

　ときどき不意にユリウスが立ち止まり、しゃがみこんでは草花の観察をはじめてしまう。アルマンドはそのたびに「これはどういった名前の花ですか」と調子を合わせ、足を止めた。

　森の半ばまで来たとき、アルマンドは鋭い殺気を感じた。目で確認したときには、上着の袖に仕込んであった短刀を投げていた。遠くの方で「うっ」と呻《うめ》き声が聞こえる。ユリウスが振り返った。

「なにか、いま声がしませんでしたか？」

「気のせいではないですか。それより、この植物は変わったかたちをしていますね」

「ああ、これは――」

　ユリウスが説明してくれるのを片耳で聞きながら、もう片方の耳では森に潜ませていた自国の剣士が下草をかすかに揺らしつつ暗殺者の遺体を片付けている様子を音で確認する。暗殺者は弓を構えていたように見えた。殺気を消せないていどの腕ならば、矢を放たれても当たらなかったかもしれないが、もし矢尻に毒でも塗られていたら掠《かす》っただけで致命傷になりかねない。

「あ、あの……」

　震える小声に振り向けば、アルマンドの後ろを歩く侍従が真っ青な顔をしていた。アルマンドがなにをしたのか見たのだ。

とりあえずいまは見て見ぬふりをしていてほしい。黙っていろという意味で、アルマンドは人差し指を口の前で立てた。そして、のほほんと植物の話をしているユリウスを目で示してみせる。侍従はごくりと唾を飲み、無言で頷いた。なかなかに賢い青年なのかもしれない。ユリウスがなにも事情を知らないと察したのだろう。

それにしても、本当に命を狙われるとは——と、アルマンドはため息をつきたくなったがこらえた。

（角度から推察すると、狙われたのはユリウスだな……）

ひととおり植物の話をしたユリウスが、「というわけです」とアルマンドを見上げてくる。屈託ない紫色の瞳が輝いていた。いまの時間を心から楽しんでいるのがわかる。

「わかりました。あなたは博識ですね」

「自国の多様な植物を知ることは、農業の可能性を追求することでもあると教わりました。ですから、できるだけ学ぶようにしています」

「素晴らしい心がけです」

アルマンドに褒められて、ユリウスが照れたように白い頬を染める。かわいい。

あなたは命を狙われていますよ、などと言えない。ユリウスは臣下を信頼しきっている。王宮の外とはいえ敷地内で暗殺者に狙われたと知ったら、首謀者が国内外のだれにせよ、いままでの信頼関係が崩れかねない。それはユリウスにとって、天地がひっくり返るほどの衝撃になるだろう。

一国の王の命を狙う、しかも別の国の王がすぐそばにいるときに。

首謀者はよほどの愚か者か策士かのどちらかだ。

今日、この森の中にどれほどの数の暗殺者が潜んでいるのだろうか。ユリウスはめったに王宮を出ないらしいので、絶好の機会ではある。しかし、今日ユリウスが湖に出かけると決まったのは一昨日だ。いち早くその情報を仕入れ、対応できる立場の者とはいったいだれだろうか。

いまもどこかでアルマンドの剣士と暗殺者が、ひそかに死闘をくりひろげているにちがいない。

ユリウスを守ってあげたい。体だけでなく心も。

「寄り道ばかりしていては、予定どおりに昼前には着けませんね。行きましょう」

ユリウスが笑顔で歩き出す。アルマンドはその小さな後頭部を見つめながら、どうすればこの尊い存在を守り切れるのか、あらゆる方法を考えはじめた。

予定よりすこし遅れて、一行は昼をやや過ぎたころに湖畔にたどり着いた。

「美しい……」

芸術的な審美眼など持ち合わせていないアルマンドが思わず感嘆の言葉がこぼしてしまうほど、伝説の湖は美しかった。風がほとんどないからだろう、湖面は鏡のように周囲の木々をうつし、一枚の絵のように静かだった。ときおり魚が跳ねたり、小鳥がさえずったりする以外、音がしない。

湖に突き出た岩の上で、軽食をとることになった。そこは日当たりがよく、岩が適度にあたたまっていて座りこんでも冷たくない。景色もいいので、と言うユリウスに、アルマンドは笑顔で頷いた。

本当はもっと狙われにくい目立たない場所がいいのだが、ユリウスが望むようにしてやりたい。

侍従が周囲にちらちらと視線を散らしながら軽食の用意をする。クルトとレオがまわりを警戒して立哨《りっしょう》の体勢でいた。ティノは修羅場に慣れているので平然としていた。

「おまえ、名はなんという？」

アルマンドは侍従に尋ねた。侍従はびっくりしながら、「マルジといいます」と応える。ユリウスが慌てたように、横から口を出した。

「この侍従がなにか不敬を働きましたでしょうか？」

「いえ、そういうわけではありません。まだ若そうなのに侍従の務めをよく理解していると感心しただけです」

ユリウスは「そうですか」と胸を撫で下ろす。

マルジが岩に敷物を広げた。そこにユリウスが腰を下ろす。促されてアルマンドも座ろうとした、その瞬間、矢が空気を引き裂く音を耳がとらえた。

「おっと」

躓《つまず》いたふりをしてユリウスに覆い被さる。ぐっと体重をかけたのでユリウスとアルマンドは折り重なって倒れた。矢はアルマンドの背中の上を過ぎ、背後の藪《やぶ》に突っこんでいった。

「アルマンド？　どうしました？」

「すみません、うっかり転びました。重かったでしょう。ケガはないですか？」

「わたしは大丈夫です」

顔を寄せて気遣うと、ユリウスがほんのりと顔を赤くして目を伏せた。アルマンドと接近している体勢が恥ずかしいだけで、矢が射られたことには気づいていないようだ。

マルジは無事かと振り向けば、ユリウスと同様にティノに押し倒されて愕然としている。矢が飛んでいった藪を見ているので、射られたことはわかったらしい。また真っ青になっている。

「さあ、マルジ、火はこれで熾《おこ》すのですか？」

ティノに励ますように声をかけられ、マルジは震える手でお茶の用意をはじめた。

藪に入ったレオが矢の確認をして戻ってきた。アルマンドの耳に口を寄せ、小声で報告してくる。

「毒は塗られていないようです」

かすかに頷いて、ユリウスとの談笑に戻る。なんとかお茶を淹《い》れることができたマルジからカップを受け取り、バスケットの中のサンドイッチや果物を食べた。もちろんティノがすべて毒味をしてから皿に盛られて渡される。

右手の湖岸で不意に水音がした。ユリウスがそちらを見ようとしたので、すかさずアルマンドが反対方向の空を指さした。

「あの鳥はなんでしょうか」

「どこですか？」

素直なユリウスは疑うことなくアルマンドが示す方向に目をこらす。ちらりと湖岸に視線を飛ばせば、人間がぷかりと浮いていた。それを自国の剣士が急いで引き上げようとしている。

「アルマンド、どんな鳥です？」

「あそこです。ああ、見えなくなってしまいました。すみません」

「どうしてアルマンドが謝るのですか。鳥は自由に空を飛ぶものです」

ユリウスがふふふと楽しそうに笑う。アルマンドも笑ってみせた。ユリウスは機嫌よく軽食を胃におさめ、お茶をおかわりしながらよくしゃべった。

「ヴェステルルンド王国の王族の先祖がエルフだというのは、本当なのでしょうか」

アルマンドがそう問いかけると、ユリウスは「さあ？」と首を傾げた。

「もしそれが本当でも、わたしで四十八代目です。もうかぎりなく血は薄くなっているのではないでしょうか」

「三日前、はじめてあなたにお会いしたとき、俺はあまりの美しさに驚愕して、エルフの血が流れているのは真実だと思いましたよ」

「そんなこと……」

ユリウスがまた顔を赤く染めてもじもじした。神々しいまでの美貌なのに、感情が表れるとたまらなく愛らしくなる。アルマンドは自分の鼻の下が盛大に伸びている自覚があった。

クルトがふっと藪の中へ入った。その直後、キン、と金属音が聞こえた。剣と剣がぶつかった音だ。すぐに戻ってきたが、頬に血が飛んでいる。レオがさっと手巾を出して拭いてあげたのを、アルマンドは横目で見た。

風がなくてよかった。風向きによっては血の匂いが漂い、ユリウスに知られたかもしれない。

しばらくおしゃべりを楽しんだあと、帰路につくことになった。いくぶん軽くなった背負い袋をふたたびティノが持つ。ところがいざ帰ろうとしたとき、アルマンドはユリウスの歩き方がおかしいことに気づいた。

「ユリウス、足をどうかしましたか」

指摘したらユリウスは立ち尽くし、俯いた。アルマンドはすぐに、ひとつの原因を思いつく。

「もしかして、靴擦れを起こしていますか」

認めたくないのか、ユリウスはしばらく無言でいた。アルマンドがユリウスの前に膝をつき、強引に靴を脱がして確認しようとしたら、しぶしぶ「そうです」と肯定した。

深窓の令嬢なみに大切にされているユリウスが履き慣れない靴で長距離を歩けば、靴擦れくらいなるだろう。いつから痛かったのだろうか。言い出せずに我慢していたにちがいない。

しばし考えたあと、アルマンドはユリウスに背中を向けてしゃがんだ。

「俺が背負っていきます。どうぞ」

「えっ？」

唖然としたのはユリウスとマルジだけだ。臣下の三人は「まあ、当然だな」という表情をしている。

戦場では動けなくなった仲間を背負って運ぶことなど珍しくない。短い距離ならば横抱きして運ぶこともできるが、さすがのアルマンドも帰り道すべてを横抱きで運ぶのは難しかった。

「そんなことをしてもらわなくても、あの、人を呼んできてもらえば大丈夫です」

「ユリウス、俺が背負った方が確実だし早いです。できるだけ早く戻って足の手当てをした方がいいと思いますが」

「それは、そうですけど、あなたは一国の王ですよ。そんな方に背負われるなんて」

「気にしないでください。さあ」

「……だったら、その、護衛のどちらかの方に……」

ユリウスが双子の剣士に縋《すが》るような目を向けたので、アルマンドは二人に「拒めよ」と念を送った。二人は正しく念を受け取ったらしい。「護衛ですから」と断った。ユリウスを背負ってしまってはアルマンドを守る仕事ができなくなるとつけ足す。

ユリウスは逡巡したのち、おそるおそるといった動きでアルマンドの背中に負われてくれた。

（おお、軽い。それに、なんか柔らかい？）

いままで何人もの仲間を背負ってきたことがあるアルマンドは、そのだれともちがう不思議な感触に驚いた。思い返してみれば、みな筋骨隆々とした剣士ばかりだった。ユリウスの体つきがまったく異なっているのは当然だろう。

背中に当たるユリウスの胸は筋肉が薄いからか心臓の音が直接響いてくるし、首に回された腕は細くて頼りない。そして極めつけは、腰に乗った臀部《でんぶ》とアルマンドの腕が支える大腿部《だいたいぶ》の感触だ。鍛えられた剣士とも、脂肪がのった女ともちがう、独特の柔らかさがあった。

「すみません、アルマンド」

ユリウスの顔がアルマンドの顔のすぐ横にある。耳に吐息とともに声がかかり、アルマンドはついニヤけてしまった顔を連れの四人にしっかり目撃された。

「さあ、行きましょう」

意気揚々と歩き出す。森に潜んでいた暗殺者はほとんど片付けられたようで、それからは狙われることがなく、帰り道は順調だった。おかげで帰りは至福の時となった。アルマンドはご機嫌ですいすい歩いてしまい、意に反して行きよりも時間が短縮されてしまう結果となった。

「重くないですか、疲れていませんか」

たびたび背中から声をかけ、ユリウスが気遣ってくれるのが心地いい。そのたびに、「まったく重くありません」と答える。

「まったく重くないわけがないです。正直に言ってください。もう疲れたのではないですか？」

「俺は鍛えているので平気です。あなたは羽根のように軽いですよ。もっと太ってもいいくらいだ。倍くらいの体重になっても俺は軽々と背負えますよ」

「そんなの嘘です」

「俺は嘘なんか言いません」

そんなやり取りがものすごく楽しかった。このまま永遠に背負いつづけたいと思ったほどだ。

しかしそんなことにはならず、森の木々の向こうに王宮の建物が見えてくる。マルジが「先に知らせてきます」と軽くなったバスケットを抱えて走っていった。そんなに急がなくてもいいと制止したくなったアルマンドだ。

温室にたどり着いたときには、老侍従が数人の侍従とともにユリウスを待ち構えていた。

「みなさま、お帰りなさいませ。アルマンド陛下、ご親切にありがとうございました。ユリウス陛下をこちらに」

ゆったりとした造りのカウチにユリウスを下ろした。即座に老侍従が跪《ひざまず》いてユリウスのブーツを脱がせる。靴下がところどころ血に染まっていた。ユリウスは表情を変えないでいるが、手当てを見守っているアルマンドの方が痛みを想像して顔を歪《ゆが》めてしまった。

ユリウスを背負って浮かれている場合ではなかった。こんなに酷い靴擦れを起こしていたなんて。

そこに医師が到着して、老侍従は医師に場所を譲った。老侍従がアルマンドに向き直り、深々と頭を下げる。

「陛下が大変お世話になりました。このような事態になることは予想できていましたのに、対策を講じなかったわれわれの落ち度でございます」

「いや、どうせ本人に仰々しいことはしないでほしいと言われたのだろう？　おっとりしていそうに見えて、ユリウスは頑固なようだから」

図星だったようで、老侍従は口ごもった。

アルマンドはユリウスから少し離れたところへ老侍従を促し、小声で名を尋ねた。

「おまえ、名は？」

「わたくしはモーゼスと申します」

「王宮に仕えて長いのか」

「四十年ほどになります。現在、侍従長を仰せつかっております」

「侍従長か……。モーゼスは、ユリウスに忠誠を誓っているか？」

「もちろんでございます」

なにをあたりまえのことを聞くのか、といった顔でモーゼスは見上げてくる。

「ではおまえを信用して打ち明けておこう」

「なんでございましょう？」

「ユリウスは命を狙われている」

モーゼスは凍りついた。ぎくしゃくとユリウスを振り返り、顔を青ざめさせる。

「森の中で何度か狙われた。俺と護衛が返り討ちにしたので、ユリウスにケガはないし、たぶん気づいてもいない。まあ、俺が気づかれないように始末したんだがな」

「それは、本当でございますか」

「こんな嘘を言ってどうする。最初は俺が狙われているのかなと思ったんだが、どうやら標的はユリウスだな。湖行きは昨日決まったばかりの話だ。昨日の今日で複数の暗殺者を森に送りこめるほどの実行力は、侮れない。俺は独自に首謀者を調べるつもりだが――おそらく王宮である程度の権力を持つ人物だろうな」

「権力者……でございますか」

そうでなければ、一般人立ち入り禁止の湖の周辺に、あれだけの人数を送りこむのは難しい。

ますますモーゼスの顔が青くなり、いまにも倒れそうになる。アルマンドは老侍従の二の腕をぐっと掴み、「しっかりしろ」と叱咤《しった》した。

「暗殺者が複数だったのは、首謀者が早いうちに片をつけたかったからだ。けれどかなわなかった。このまま諦めるとは思えない。今後も狙われるだろう。いいか、ユリウスの身辺にはくれぐれも注意しろ。侍従長ならば、ユリウスに知らせず警備兵を増やすことくらいできるのではないか？　毒味役もひそかにつけた方がいい」

「毒味はわたくしが請け負います」

固い意志をこめた声に、アルマンドは頷いた。

「マルジはこのことを知っている。というか、俺が暗殺者を返り討ちにしたところを見られたから。あいつも信用できる侍従だろう？　命の危険があると知っても逃げ出すことはなかったし、できるだけ平常心でユリウスに接することもできていた」

「マルジは真面目で目端が利く若者です。今日のお供にとマルジを選んだのはわたくしです。陛下を崇拝していますので、命をかけてもお守りするかと」

「そうか。ユリウスを頼んだぞ」

　モーゼスの肩を気安く叩き、アルマンドは「今日は楽しかった」とユリウスに声をかけた。医師に包帯を巻かれているユリウスは眉尻を下げて、情けない表情を向けてくる。

「わたしのせいでお手数をおかけしました。本当に申し訳ありませんでした。こちらがもてなさなければならない方に背負わせて、運んでもらうなんて、とんでもない失態です。猛省しております。途中までわたしもとても楽しかったのですが……」

「俺は最後まで楽しかったですよ？　尊い身分の方を背負えて、なんて幸運な男なんだと思いましたからね。あれは役得と言うのです」

　屈託なく笑いながらそう言うと、医師も侍従たちも笑みをこぼした。アルマンドが不快に思うどころか機嫌がいいことを理解したのか、ユリウスも口元を綻ばせる。

「その足ではとうぶん歩けないでしょう。明日、お見舞いに伺います。よろしいですか？」

「は、はい。お待ちしています」

ユリウスがパッと明るい笑顔になったので、アルマンドは「よしよし」と相好を崩しつつ、護衛たちを連れて温室をあとにした。

王宮の居住区を抜け、迎賓館へと入る。自分の客室にたどり着くと、アルマンドは三人の臣下を振り返った。

「半刻後に今日の報告。マックスが会議から戻りしだい、今後の対策を話し合う。いいな」

「はっ」

敬礼した三人を廊下に残し、アルマンドは扉を閉じた。奥へと歩きながら上着とシャツを脱ぎ、あちらこちらに仕込んであった武器を外した。浴室を覗きこむと、湯の用意がされている。この王宮の侍従は優秀だ。

ありがたく湯浴みをさせてもらうことにして、素っ裸になった。アルマンドは浴槽に体を沈め、今日のあれこれに思いを馳せる。暗殺者たちを退けることができたのはよかった。一人一人の腕がたいしたことなかったのも運がよかった。

問題はこれからだ。侍従長のモーゼスとマルジが信じられそうだったので、王宮の居住区にいるあいだは、たぶん大丈夫だろう。けれど足が治ったらユリウスは執務のために行政区へ行く。護衛をつけて、ユリウスをできるだけ一人にしない方がいい。

それと平行して、アルマンドが剣士を引き連れて足繁《しげ》くユリウスのもとへ通えば牽制《けんせい》になる。しかし一日中べったりくっついていることは不可能だ。ユリウスの暗殺を企てている首謀者が判明するまで、もっとこの国での味方を増やした方がいいだろう。

（さて、だれがいいか……。できれば、ある程度の経済力と影響力がある人物がいいんだが）

湯につかりながらアルマンドは考えをめぐらせた。

◇

ユリウスはカウチに足を投げ出すようにして座り、窓の外をぼうっと眺めていた。

膝の上には読みかけの本。ぜんぜん集中できなくて、ついさっき読書を諦めたところだ。

窓から見える夕焼け空が、しだいに夜の色に変わっていく。

今日はいろいろとあった一日だった。アルマンドと湖へ行った。とても、楽しかった。

（背負ってもらってしまった……。広い背中だった……）

アルマンドのことが頭から離れない。出会ってから、まだ数日。そのたった数日で、ユリウスの心はアルマンドでいっぱいになってしまった。

昨日、マテリーナとの結婚話についてアルマンドに尋ねられたとき、自分でも驚くほど狼狽《ろうばい》してしまった。

断られつづけているが、彼女に何度も結婚を申し込んだのは自分だ。周辺の者たちはそれを知っていて、マテリーナならば王妃にふさわしいと応援してくれているからこそ、気軽に『結婚間近だ』と噂をしている。ユリウスはそれを容認していた。ユリウス自身が、そのうちマテリーナと結婚するだろうと思っていたからだ。

けれどそれはアルマンドと出会う前のこと。彼と出会い、ユリウスは自分の中でなにかが変化したことに気づいていた。つねに冷静であれと教えられ、それを守ってきたはずだったのに、アルマンドの言葉ひとつ、笑顔ひとつで一喜一憂してしまう。

（ああ……アルマンド……）

まさか自分がこんな気持ちになるときが来るなんて。

明日もまた会える。見舞いに来ると言ってくれた。

喜びと苦しみが複雑に胸の中で絡まりあっている。ユリウスは俯いて、ため息をついた。

王族は国のために働き、国の体制を維持するために婚姻する。そして子をなして次の世へと繋いでいく。それが義務だ。ましてや一国の王ともなれば、私情を捨てなければ務まらないと、祖父に言い聞かせられてきたというのに。

王には王妃が必要だ。それぞれ役割がある。そして王の子を産んでもらうためには、やはり女性が欠かせない。これは王妃でなくとも、側妃や妾《めかけ》でもいい。

はたして自分に女性を抱くことができるのだろうか――。

こんなこと、いままで心配したことなどなかった。男女の営みについてはもちろん学んでいるので頭に入っているが、実地で経験したことはない。マテリーナに結婚を申し込みながら、じつは一度も具体的に想像したことはなかった。式を挙げ、同衾《どうきん》すれば自然とその気になり、身も心も深く結ばれるのだろうと簡単に考えていた。

マテリーナと結婚したら、姉同然の彼女を相手に、どうすればその気になれるのだろうか。別の女性でもおなじことだ。考えれば考えるほど、体の芯が冷えていくようだった。

（わたしは、どうすれば……）

背負われて感じた、アルマンドの生々しい肉体を思い出す。歩くたびに筋肉が躍動し、衣服ごしに体温が伝わり、首筋からは汗の匂いがした。いままで身近にいただれからも感じたことのない、官能的な匂いだった。

ずっと嗅いでいると胸がドキドキしすぎて壊れてしまいそうで、ユリウスはあれこれと話しかけて気を紛らわそうとした。

ユリウスは知らなかったのだ。親愛の情よりも強い感情があることを。相手をすこしでも恋しいという思いがなければ、夫婦として閨をともにするのは難しいことを。

性欲を解消できれば、相手はだれでもいいという人がいるのは知っている。だから街には娼館があるのだ。けれど自分はどうやらそんなことはできない性格らしい。

アルマンドと自分が深い関係になる未来は想像できない。想像してはいけない。彼も一国の王だし、そもそもユリウスは男だ。

彼はきっと、ユリウスのことを頼りない隣国の王としか見ていないだろう。優しいけれど、アルマンドはだれにでも優しくできる人だ。この気持ちは永遠に一方通行だと思うと絶望的な気分になる。

（わたしがもし、だれかと子供をつくるような行為ができなければ、世継ぎはどうなる）

ユリウスには弟のカールがいる。しかし母親が平民だったせいで、祖父は王家の姓ヴィルヘルムを名乗るのを許さなかった。

（……もう祖父はいない。カールは直系男子にはちがいないのだから、ヴィルヘルムを名乗らせてしまおうか）

正当な血統にこだわっていた祖父はいないのだ。ユリウスが国王の権限でそう決めてしまえばいい。

（現在、王太子はいない。わたしの子がそのうち生まれると考えられているからだ。カールを王太子にして、パオラとのあいだに生まれた子を教育して――）

そんなことを勝手に考えていたときだった。

「兄上、足をケガしたと聞きました。大丈夫ですか」

カールがユリウスの居室に駆けこんできた。騎士団の訓練場から直接やってきたらしく、砂埃がついた革鎧を装着したままだ。額に汗をかき、白金色の前髪が張りついている。命に関わる大ケガを聞きつけたような勢いに、ユリウスはつい笑ってしまった。

「ケガをしたのではなく、靴擦れになっただけだ」

「靴擦れですか」

カールはいくぶんホッとしたように表情を緩め、ユリウスの足の包帯をまじまじと見つめる。

「湖まで自分で歩いていったら、こんなことになった。わたしはもう少し、鍛えないといけないな。たかがあれだけの距離で歩けなくなるなんて、情けない。医師に三日間の療養を言い渡された」

自嘲して言うと、カールはなんとも複雑そうな顔になる。ユリウスが運動不足なのはカールもよく知っていることだが、だからといって見るからに華奢な体のユリウスにどれくらいの運動が適切なのか悩むところなのだろう。

「カールの方はどうだ、訓練は順調か？」

気遣わしげな表情がパッと無邪気な笑顔になり、カールは大きく頷く。

「順調です。剣の師匠である騎士団の副団長殿には、このまま伸びていけば二年後の成人の儀をすませたあとに、正騎士になれると言われています」

「そうか、それは素晴らしい」

「けれど、まだまだ覚えなければならないことがたくさんあるので、一日一日を大切に、鍛練を続けていきたいと思っています」

「めでたく正騎士になれたときには、わたしから剣を贈ろう」

「本当ですか。ありがとうございます」

飛び上がらんばかりに喜んだカールがかわいい。体格はすでに成人と変わらないほどに成長したが、やはり中身はまだ十六歳の少年だ。

「パオラ嬢とは、こんどいつ会う約束をしているのだ？」

「えっ、それは、その……つぎの休みの日に」

日に焼けた顔をわずかに赤らめて、カールが照れくさそうに答える。

「それはいつだ？」

「三日後です。それがどうかしましたか？」

「お茶に招待したいと思う」

　カールは目を丸くして驚く。それも当然だ。ユリウスはパオラと数えるほどしか会ったことがない。会話なども挨拶ていどしか記憶がなかった。マテリーナとちがって血縁関係にはないし、パオラは未成年なのでまだ公式行事にも参加できない。

　ユリウスがパオラに抱く印象は、小柄で茶褐色の巻毛が愛らしい平凡な少女、という外見についてだけだった。カールの口から聞くかぎり、素直で純真な、思いやりのある優しい令嬢らしい。

「一度、パオラ嬢とゆっくり話をしてみたい」

「兄上がそうおっしゃってくださるなんて」

　カールは感激したように目を潤ませた。カールにとって悪い提案ではなかったようだ。まだ正式な婚約もしていない未成年のカールとパオラだが、ユリウスが王宮の居住区に招待して会うことにより『国王が認めた』となる。

　二人の結婚が確実だと周囲に知らしめることが、ユリウスの目的だった。自分に子供ができなければ、カールの子に国を任せることになる。そのためにパオラの人柄を知っておきたい。そんなこと、いまの段階でカールには言えないが――。

　その後、自室に戻り湯浴みをして着替えたカールと、ユリウスは夕食をともにした。

　カールは旺盛な食欲を見せては、騎士団の様子やパオラを通じて聞いたという貴族の女性事情などの話をする。カールの話はいつも興味深い。ユリウスには知り得ないことばかりだからだ。

「兄上は明日から三日間の療養だとさきほど聞きましたが、よい機会ではないですか」

カールは他意のない笑顔でそう言った。

「先王の崩御から国葬、ご自身の即位の儀など、大きな行事の連続で兄上は休みがほとんどありませんでした。三日間、ゆっくりと体を休めてください。お暇なら、私ができるだけ兄上の話し相手になります」

「ああ、それにはおよばない。明日はアルマンド陛下が見舞いに来てくれることになっている」

「そうなのですか？　アルマンド陛下が？　私もぜひお会いしたいです」

嬉々《きき》としたカールの目が光る。しまった、よけいな情報を与えてしまった。

（アルマンドと二人で会いたかったのに）

興奮して鼻息が荒くなってきたカールに気づかれないよう、ユリウスはこっそりため息をついた。

翌日、アルマンドは昼過ぎに訪れる予定だと知らせが届いたので、ユリウスは午前中を仕事にあてた。カールは体を休めたらいいと言ってくれたが、そうもいかない。

文官が厳選した書類だけを王宮の居住区まで運んできてくれ、温室でそれらに目を通す。自分の居室から温室までは、輿《こし》で運ばれた。必要なものには署名し、文言に不備を見つけたものには担当部署に返すよう指示し、ユリウスの意見が求められているものには簡潔な文書を添え、ユリウスの判断を仰いできたものには明確に答えた。

文官が差し出す文書を驚異の集中力で片付けていく。

「以上でございます、陛下。ありがとうございました」

あっという間に昼になり、書類の束を抱えた文官が静々と退室していった。

入れ替わりに侍従たちが入室してきて、ユリウスの前に昼食を並べていく。ユリウスが生まれたときからそばに仕えてくれている老侍従が、柔和な表情で「このあとお茶会が予定されていますので、あまり重くならない献立になっております」と説明してくれる。

食事を終えてしばらく休んでいると、まずカールがやってきた。カールも今日の午前中は騎士団で訓練に加わっていたはずだが、もう湯浴みをすませてきたのか革鎧は身につけておらず、清潔感があるシャツとベストという姿だ。

「アルマンド陛下はまだですか？」

「おまえが一番乗りだ」

カールはユリウスの隣に座り、そわそわと温室の出入り口を見る。つぎに現れたのはマテリーナだった。初夏らしい薄緑色の涼しげなドレスの裾をひるがえし、「ご招待にあずかり、ありがとうございます」とおどけた口調で言った。今日は髪を結っておらず、いくつか小さな金製の髪飾りをつけている。

べつにユリウスは招待していない。カールから伝わり、マテリーナが出席したいと願い出てきた。

「ユリウス、アルマンド陛下とかなり親しくなったんですって？　晩餐会の様子から、ずいぶんとご執心なこと、と思っていたけど、やっぱりあなた、ああいう感じの殿方に弱いのね」

マテリーナはなにが楽しいのか、くすくすと笑いながらそんなことを囁《ささや》いてくる。

「ご執心？　わたしが？」

晩餐会のとき、自分のふるまいが他人からどう見られていたかわからない。どこかおかしかっただろうか。アルマンドに失礼がないようにと気を遣っていたのだが、すこし酔ってしまった。

「マテリーナ、詳しく……」

詳細を聞こうとしたとき、アルマンドが到着した。

カールとマテリーナがさっと立ち上がり、隣国の王を迎える姿勢になる。アルマンドの後ろには、湖へ行ったときの双子の騎士が従っていた。彼らは温室の外に控える。

「ご機嫌いかがですか、ユリウス」

飾り気のない簡素なシャツ姿のアルマンドは、黄色い花の小さな花束を持っていた。彼はまっすぐユリウスに向かって歩いてくると、その花束を差し出してきた。

「迎賓館の庭師に頼んで花を分けてもらいました。お見舞いです。少しでもあなたの心の慰めになればいいと思いまして」

「ありがとう、ございます」

ユリウスは感激しながら受け取った。花を贈られたのははじめてだ。男性が女性へなにかの祝いに花を贈ることがあるとは聞いていたが、ユリウスにとって花とは庭園や部屋を飾るものであって、自分がこんなふうにもらうものではなかった。女性あつかいされたとは思わない。アルマンドは見舞いだと言った。うれしくて花束を持つ手が震える。

アルマンドはカールとマテリーナに節度ある挨拶をし、椅子に腰を落ち着けた。そのあいだに老侍従がユリウスのそばに寄ってきて、花束を取り上げようとする。とっさに拒んだユリウスに、老侍従は苦笑いした。

「花瓶にいけてまいります。このままでは萎《しお》れてしまいますから」

そのとおりだ。ユリウスは慌てて老侍従に託した。視線を感じて振り向くと、マテリーナが意味深な笑みを浮かべてこちらを見ている。なにか言いたいことがあるのかと尋ねようとしたが、マテリーナはアルマンドに向き直って話しかけた。

「アルマンド陛下、お会いできたらアフティオ王国のことでお聞きしたいことがたくさんありましたの。いくつかよろしいかしら？」

相手が隣国の王でも物《もの》怖《お》じすることなく、マテリーナはアフティオ王国の医療や福祉に関する事情を積極的に質問した。アルマンドは嫌な顔をせず、そのひとつひとつに答える。マテリーナのどんな問いにも答えられるということは、国内事情のほとんどをきちんと把握しているということだ。

頼もしいアルマンドのその様子を、ユリウスは気分よく眺めた。マテリーナがじょじょにアルマンドを見直して、本心から敬いはじめるのが手に取るようにわかる。

アルマンドが今日ここまで来てくれたのはユリウスの見舞いのためだ。それなのに、ユリウスそっちのけでマテリーナと話をしている。この状況は面白くなかったが、アルマンドの魅力を姉同然のマテリーナが理解してくれるのを目のあたりにするのは愉快だった。

その横で、カールはおとなしく自分の順番が来るのを待っていた。マテリーナの質問が一段落したのを見て取ると、すかさず剣技についての話題を振る。カールはアルマンドが連れてきた剣士たちの剣の形状がそれぞれ異なっていることが気になっていたらしい。

「人には個性があります。剣の形状はそれを表しています。我が国では強ければいいという考え方がありまして、それぞれ自分の特性をいかした形状の剣をつくることを許しています。実力を発揮できればいいのです」

「けれど、それだと武器の支給が一律にはできませんし、いざというときの一糸乱れぬ統率が難しくなるのではないでしょうか」

「そのような統率が必要になるのは、きっとこれからでしょうね。国として長く存続していくには軍隊の規律は必要不可欠です。できればヴェステルルンド王国の軍から、よりよき方法を学びたいものです」

アルマンドからそんなふうに自国を持ち上げられ、カールの頬が紅潮した。

話の途中で花瓶にいけられた花が届けられた。テーブルの中央に置かれた黄色い花を、ユリウスはそっと見つめる。アルマンドがわざわざ庭師に切らせた花だ。迎賓館の庭でアルマンドが庭師と相談している光景を想像するだけで、胸があたたかくなる。

「気に入っていただけたようで、うれしいです」

不意にアルマンドに言われて、ユリウスは顔を上げた。いつの間にかカールとの話が終わっていたようだ。花を愛《め》でていた様子を、アルマンドに見られたらしい。

「あ、はい、その、気に入りました」

「では、明日も花を贈りましょう」

つまり明日も来てくれるということか。うれしくてうれしくて、ユリウスは心からの笑みを浮かべた。

その後、カールと話が弾んだアルマンドは温室の外で、急遽《きゅうきょ》、剣技の指導をすることになった。

ベストを脱いだカールとアルマンドが、訓練用の刃を潰した剣を持って対峙《たいじ》する。それをユリウスとマテリーナはすこし離れたところのベンチで見学した。ちなみに温室の中からユリウスを運んでくれたのはアルマンドだ。侍従を呼ぼうとしたユリウスを制し、アルマンドがひょいと横抱きにして軽々とベンチまで移動させてくれたのだ。

「どこからでもどうぞ」

アルマンドが余裕の態度で促すと、カールが鋭く剣を打ちこんだ。キン、と金属音が響いてアルマンドが軽くかわす。続けて二度三度とカールが攻撃したが、すべて弾《はじ》かれた。ひらりと舞うように動くアルマンドは、カールより二回りほど体格が大きいとは思えないほどの敏捷《びんしょう》さだった。

(すごいすごい、カッコいい)

ユリウスはもうアルマンドから目が離せない。潤んだ目で彼に釘付けになっているユリウスの肩を、マテリーナが指で突いてきた。

「素人の私でもアルマンド陛下の剣技が優れていることくらいわかるわ。とても強そうで頼り甲斐《がい》があって、素敵ね」

「……そうだな」

「カールったら、もう汗だく。でもアルマンド陛下は汗なんかぜんぜんかいていないわ。鍛え方がち

がうのかしら。それとも場数を踏んでいるから？　もしかして達人の域に達しているの？　とっても素敵だわ」

　アルマンドが称賛されるのは喜ばしいことなのに、マテリーナの口からそうした言葉を聞くのは面白くなかった。ユリウスがついムッとしてしまうと、マテリーナがくすくすと笑った。

「ユリウス、あなたったら、そんなにわかりやすい人だったのね」

「なにが？」

「アルマンド陛下に夢中ってこと。あなた、つい十日ほど前、私に求婚したのよ。もう忘れたの？」

　えっ、と凍りついてしまい、ユリウスはマテリーナの顔を見られなかった。

「何度も断っていたけれど、やっぱり受け入れようかしら——なんて私が言ったら、どうする？」

「マテリーナ、それは……」

「冗談よ。泣きそうな顔をしなくていいの」

　そんな顔をしているだろうか。ぎくしゃくと振り向いたユリウスに、マテリーナが姉の顔で「ほら、笑いなさい」と背中をトンと叩いてきた。

「あなたが笑っていないと、アルマンド陛下が心配するわ。余計なことを言った私が悪いのだけれどね。もう意地悪は言わないから」

「意地悪だったのか？」

「そう、ちょっとした意地悪。だって私に求婚しておきながら、うっとりした目でアルマンド陛下を見つめているんですもの。さすがに私でもイラッとするわ」

「すまない……」

なんと言っていいかわからなかったので、とりあえず謝った。いまとなっては、マテリーナに断ってもらえてよかったと思う。

「私の勘もなかなかよね。あなたは女性に興味がないのではと思っていたの」

「えっ」

「だって、どんな美姫《びき》よりも、筋骨逞しくて凜々《りり》しい顔をした騎士に目が吸い寄せられていたでしょう？　私は子供のころからユリウスの近くにいたから、気づいていたの」

そんな自覚はなかった。けれど、言われてみればそうかもしれない。

「……そうか。そうだったのか……」

呆然と呟き、ユリウスは剣を手に躍動しているアルマンドを見つめる。

キーンとひときわ甲高《かんだか》い金属音とともに、カールの剣が飛んだ。アルマンドが巻き上げたのだ。離れたところに落ちた剣を、カールが汗に濡れた顔で呆然と見遣る。

「ここまでにしましょうか」

アルマンドの声に、カールは荒い息をつきながら「ありがとうございました」と礼を言った。

こちらを振り返ったアルマンドが、「どうでした？」という感じでユリウスに笑顔を見せる。万感の思いをこめて、ユリウスは拍手を贈った。

アルマンドはユリウスの隣に腰を下ろす。近くで見ると、額にしっとりと汗が滲んでいた。汗だくのカールと比べたら少量だが、あれだけ動けば汗くらい出るだろう。ユリウスは上着の隠しから手巾を出し、「どうぞ」と差し出した。

「ありがとう」

アルマンドがその手巾で額を拭く。おもむろにシャツのボタンを外しはじめたのでギョッとした。はだけた胸は、筋肉が盛り上がっていた。アルマンドはそこにも手巾を当てる。匂い立つような男の色気に、ユリウスの頬がじわりと熱くなってきた。

「ユリウス、どうしました？　急に顔が……」

アルマンドが手を伸ばし、ユリウスの頬に触れた。固い感触のてのひらだ。ユリウスはつい、その手に頬を擦《こす》りつけるようにしてしまった。なぜ自分がそんなふうに、子供のように甘えるしぐさをしてしまったのか、わからない。

「あなたは猫のようですね」

くくく、とアルマンドが笑う。ユリウスは恥ずかしくなって顔を背けた。

「顔が熱い。日に当たりすぎましたか」

「いえ、そうではないと思います。あなたの——」

「俺の、なんですか？」

「立派な胸の筋肉を見てしまったら、なんだか熱くなってきて、くらくらしてしまいました……」

正直に答えたら、アルマンドが目を丸くした。すぐにプッと吹き出し、腹を抱えて笑い出す。

そんなに大笑いするほどのことを言っただろうか。

「あなたは、意味がわかっていて言っているんですか？」

「意味？」

「ああもう、ユリウス、あなたはなんてかわいらしい人なんだ」

笑いつづけるアルマンドを前に、ユリウスは途方に暮れる。振り返れば、マテリーナとカールも、どうしたのと言いたげな顔でこちらを見ていた。

◇

「……まいったな……」

迎賓館の客間に戻ってきて、ソファに身を投げ出すように座るなり、アルマンドはため息まじりに呟いた。

ちょうど会議が終わって報告に来ていたマックスが、「あらたな問題でも？」と厳しい顔をする。

「いや、まあ、問題といえば問題なんだが……。ユリウスがかわいすぎて大いに困った」

「は？」

アルマンドは低く唸《うな》りながら両手で顔を覆った。今日のユリウスを思い出すと悶絶《もんぜつ》しそうになる。

「花だけであんなに喜ぶか？　一国の王だぞ。それも千年の歴史を持つヴェステルルンド王国の王だ。それが花くらいで、花くらいで！　妖精のごとき微笑みに、俺はもう心臓を射抜かれて死ぬかと思ったぞ！　しかも俺の胸筋にくらくらしただとか！」

「ああそうですか。大変でしたね」

マックスが棒読みになっていることも気づかず、アルマンドはソファの上でごろごろ転がった。

「あれほど純真な生き物はいない。なんてかわいいんだ。ああぁぁぁ、ユリウスに触れたかった。靴擦れの具合を診るふりをして足に触れることくらいできそうだったが、二人きりではなかったからやめておいた。できれば二人きりで会いたかった！」

「カール殿下とマテリーナ嬢もごいっしょだったのですよね？」

「そうだ。ユリウスの弟王子と姉同然の令嬢は無視できない。せいいっぱい愛想よく行儀よくふるまったぞ。たぶん好感度はばっちりだ」

「アフティオ王国の国王としての務めは最低限果たされたのならば、まあいいでしょう」

「おまえ、なんだその上から目線は」

マックスが口調だけでなく実際にソファの横に立ち、冷ややかな目で見下ろしてきた。

「陛下の戯言《ざれごと》はもうじゅうぶんです。会議の結果を報告させていただいてもよろしいでしょうか」

「戯言とはずいぶんだな。俺の今日の成果をおまえは聞きたくないのか」

「成果ならばお聞きしたいですが、さっきから陛下の口から飛び出る言葉はそうした種類のものではありませんからね。私は忙しいので、与太話に付き合っている暇はありません」

「こんどは与太話あつかいか。おまえはつくづく失礼な男だな！」

「それで結構です」

マックスは交易の取り決めの会議について、勝手に報告しはじめた。国王としての責務なので報告は聞く。予想していたとおりに進んでいるようで、連れてきた文官たちはやはり優秀だ。

「それで、昨日生きて捕らえた者たちのことですが」

ぐっと声を落としたマックスに、アルマンドは「なにかわかったか」と身を乗り出す。

昨日、湖周辺の森に潜んでいた暗殺者たちは、殺した者は六人、生きたまま捕らえた者は五人に上った。生け捕りした五人のうち深手を負った者もおり、昨夜中に二人、死んでいる。全員が身元を確認できるようなものは身につけておらず、残った三人を尋問し、どこの手の者か聞き出すようにと命じてあった。

「拷問中に一人死にましたが、残りの二人から自身の名前は聞き出しました。いまひそかにヴェステルルンド王国の軍の名簿と照らしあわせています。街のならず者ではなく、あるていど軍事訓練を受けた者のように感じましたので。しかし、貴族の私兵となると調べようがありません」

「まあ、そうだろうな。わかった、引きつづきなにか聞き出せないか尋問を続けるように言ってくれ。ただしそう簡単に殺すなよ。貴重な証人だ」

「はっ」

「それと、主だった重臣たちの調査はどうだ?」

ユリウスの暗殺を企てているのは、おそらく国の中枢にいる人物だ、と見当をつけたアルマンドは、大臣を中心に国政に関わる人物たちの調査も命じていた。

「進めておりますが、なにぶんわれらにとってここは慣れない土地ですので、そう簡単には」

「そんなことはわかっている。しかし必要な調査だ」

アルマンドはしばし考えこみ、やはりこれしかないなと顔を上げる。

「協力者を増やそう」

侍従長のモーゼスに事情を話した結果、さっそく今朝から湖周辺の森には簡単に立ち入ることができないように警備兵を配置することになっている。モーゼスは一晩で段取りをし、夜明け前、内密にアルマンドに知らせてきた。警備兵全員が信用できなかったアルマンドは、そこに自国の兵を混ぜることを提案した。モーゼスはそれを受け入れ、現在、温室周辺の森はアルマンドの臣下も守っている。

これでユリウスが温室から出ても、いきなり矢で射かけられることはなくなった。

ユリウスの口に入るものは昨日の夕食からすべてモーゼスが毒味をしているらしい。モーゼスが立ち会えない場合はマルジが担当することになっているそうだ。

やはりあちらこちらに協力者は必要だと実感している。アルマンドは他国の人間なので、できることにはかぎりがあった。

「協力者ですか？　陛下はだれが適切だとお考えですか」

「マテリーナ嬢だ」

「今日お会いになって、信用できると感じましたか」

「そうだ。外務大臣マキネンにはユリウスを暗殺する理由がない。伯父として保護者的な立場は非常に有利に働いているだろうし、娘とユリウスは仲がいい。あの親子はユリウスの敵ではない。それにマテリーナ嬢は度胸があるし聡明だ。マテリーナ嬢が男子だったなら、ユリウスのいい右腕になれただろう」

ユリウス周辺の者たちが、なぜマテリーナを王妃に推すのかわかった。浮世離れしたユリウスを背後からしっかり支えてくれそうな頼もしさがある女性だった。

しかし彼女は王妃の座など欲していない。ユリウスが何度か結婚を申し込んだが断っている、というのも頷ける。マテリーナには自分の足でしっかりと立っていける強さがあった。

「明日にでも、マテリーナ嬢と会って話をしようと思う。おまえも同席しろ」

アルマンドはさっそく文机に向かい、マテリーナに向けて手紙を書きはじめた。

明日か明後日《あさって》にでも早急に会いたいこと、事情は直接会って話したいこと、すべてユリウスには内密にしたいことをしたため、マックスに頼んでマキネン邸まで届けてもらう。

返事はすぐに届いた。明日の午前中なら時間がとれるというので、迎賓館まで来てもらうことになった。アルマンドがマキネン邸まで出かけては目立ちすぎるからだ。

ユリウスへの見舞いは今日とおなじく午後にすると、侍従長に伝えた。

翌日、マテリーナはすっきりとした白いドレス姿でやってきた。足首が少し見えるほどスカートの丈が短く、ヒールの低い靴を履いているのが丸見えになっている。胸元はボタンでしっかり閉じられ、レースやリボンの飾りはない。赤茶色の髪は結われていたが、宝石や金を使用した華美な髪留めはなかった。

貴族の女性は、みな引きずるほどドレスの丈が長く、デコルテは開けるのが通常の服装だ。夜会ともなればもっと胸元を開ける。実際、マテリーナも晩餐会のときは、胸の谷間を強調した豪華なドレスを身につけていた。

マテリーナは福祉系の慈善活動を精力的に行っていると聞いている。おそらく、その関係の用事が、このあとに予定されているのだろう。サロンで噂話に興じることだけを楽しみとしている貴族の令嬢たちとは、やはりちがっていた。

背筋を伸ばして堂々と立つ姿には自信があふれ、活動的に見える。

「お忙しいところをお呼びだてしてすみませんでした」

「いいえ、私も一度、ユリウスがいない場でアルマンド陛下とお話ししてみたかったので、ちょうどよかったですわ」

マテリーナは余裕の笑顔を見せる。マックスが、そんなマテリーナを驚いたような目で見つめていた。マックスは晩餐会で離れた席からちらりと彼女の姿を見ただけだったので、想像していた貴族の令嬢とはひと味ちがう様子に、かなり戸惑っているようだ。

人払いしているので迎賓館専属の侍従たちはいない。マックスがお茶を淹れ、そのまま席につく。三人でテーブルを囲んだ。

まずアルマンドは一昨日に殺気を感じたことから話し、昨日の出来事までをかいつまんで打ち明けた。マテリーナは動揺を見せず、最後まで気丈に話を聞いた。

「ユリウスを助けてくださって、ありがとうございます」

「対策を講じておいたのでなんとかなりました」

「それで、秘密裏に処理した一昨日の出来事を、私に話してくださったということは――」

「協力していただきたい」

アルマンドは率直に希望を口にした。どう遠回しに言おうと、伝えたいことは変わらない。

「ユリウスは亡くしてはならない方です。俺は独自に首謀者をつきとめようと調べているのですが、なにぶんこの国の者ではない。だれをどこまで信用していいかもわかりません。そこであなたに目を付けました」

ふふふ、とマテリーナが笑う。

「アルマンド陛下、なかなか目の付け所がいいですわ。私はユリウスの姉です。ユリウスのためならなんでもしましょう。いえ、させてもらいます」

「ありがとうございます」

「お礼を述べなければならないのは、こちらです」

立ち上がり、二人は固い握手をした。共闘の約束だ。座りなおしたマテリーナは、マックスが淹れたお茶を飲み、一呼吸置いた。

「ひとつ、確かめさせてもらってもいいでしょうか？」

「なんなりと」

来たな、とアルマンドは身構えた。

「ユリウスのことを、アルマンド陛下はどう思っていらっしゃいますの？」

「守ってさしあげたいと思っています」

「そうね」

「尊敬しています」

「……それだけ？」

　マテリーナは片眉を上げ、眇《すが》めた目でアルマンドを見てくる。七歳も年下の女性に飲まれそうになるのは、マテリーナがユリウスの身内だからだろうか。下手なことを口走って、嫌われたくないと思ってしまう。

「できれば、もっと親しくなりたいと思っています」

「それで？」

「………これ以上は勘弁してください。まだユリウス本人にも告げていませんので」

　マテリーナは意地悪な笑みを浮かべ、「わかりました」と矛先をおさめてくれた。変な汗をかいたアルマンドが「調査を任せているのは、この男です」と側近に丸投げすると、マテリーナはマックスに向き直って具体的な話をはじめた。

　どこまで調べは進んでいるのか、これからどこを探りたいのか、そのためにはどうするべきか。

　マテリーナの鋭い質問にたじたじになっていたマックスだが、やがていつもの調子を取り戻した。対等に話ができる女性が面白くなってきたのか、目が輝いている。

（マテリーナ嬢はおまえに任せた）

　心の中でそう命じ、アルマンドは午後はどんな花を切ってもらって見舞いに持っていこうかなと、ユリウスのことに思いを馳せた。

◇

湖へ行った日から五日ほどがたち、ユリウスの足はすっかり癒えた。

療養中は毎日アルマンドが見舞いに来てくれたので楽しかったし、パオラとも会えて、意外にも充実していた。

午前中の執務を終わらせ、昼食をとったあと、ユリウスは執務室の窓から空を眺め、一昨日のパオラのことを思い出す。カールとお似合いの、かわいらしい少女だった。

茶褐色の巻毛と瞳を持った、まだ十四歳の少女は、何度も練習してきたのだろう、ユリウスへの挨拶は貴族の令嬢らしく完璧だった。しかし、いざ会話となると緊張して何度も声を詰まらせたり、返答に困ってカールに助けを求める目を向けたりと、子供っぽいところもあった。けれどそこが嫌みではなく、愛らしい魅力になっている。

王都内にあるテルヴァハルティラ邸は昨年、大規模な改装工事を行った。届けが出ていたのでユリウスはもちろん知っていたが、パオラはそのときの話を聞かせてくれた。屋敷内にたくさんの作業員が出入りしたため、パオラを含む家族は行動を制限されて息苦しさを感じたらしい。けれど工事が終わってみたら屋敷のあちらこちらがきれいになり、感激したとか。

「庭の噴水があたらしくなって、とてもきれいなんです」

「一度、私も見せてもらいました。楽しい仕掛けがあって、感心しました」

カールはもうパオラしか見えていないといった感じだった。終始、パオラに気を遣い、ユリウスに彼女の美徳を売りこもうと努力していた。弟の必死さに、ユリウスは途中で笑い出しそうになったほどだ。ユリウスは純粋に、まだ成人前の若い二人を応援してあげたいと思った。

カールは十六歳で、成人まであと二年ある。結婚はパオラが成人するまで待つとして、二年後には婚約を整えてあげたい。父親のテルヴァがどう考えているのか尋ねてみる必要があるな、とユリウスはいつなにをどうするか頭の中で段取りした。

「陛下、少しよろしいでしょうか」

声をかけられて振り向けば、いつも執務の補佐をしている壮年の文官の後ろに、若い文官が固い表情で立っていた。黒髪を短く刈りこんだ細面の青年だ。

財務を担当している部署の文官だと、ユリウスはすぐにわかった。国政に関わる文官は全部で数百人にも及ぶが、ユリウスはそのほとんどの人相と名前を記憶している。

「どうした？」

「この者が、陛下に大切なお話があると……」

予定外の訪問に、いつもの文官が戸惑いつつ、少し憤っている。若い文官がいささか強引に頼みこんできたらしい。この青年の名は、たしか――。

「ヨハンソン、だったか？」

「はい、そうです。私の名を覚えていてくださって光栄です」

文官は口元を綻ばせた。それもそうだろう。役職にもついていない平の文官が、国王に名を呼ばれたのだ。

「財務担当の文官が、わたしになにか用か？」

「内密にお話があります」

「内密？」

「お人払いをお願いします」

二人きりになりたいという驚きの申し出に、壮年の文官が怒りの表情になった。しかしヨハンソンは引かない。よほどユリウスに話したいことがあるのだろう。

「わかった。わたしとヨハンソンだけにしてくれ」

「しかし、陛下……」

「少しのあいだだけだ」

ユリウスが重ねて頼むと、しぶしぶという様子ながらも執務室を出て行った。ヨハンソンと二人きりになる。ユリウスは「近くへ」と呼び寄せ、代々の国王が使用してきた大きな机を挟んで彼と向かいあう。

「私は金の管理を担当する部署におります。まずはこれをご覧ください」

ヨハンソンは脇に抱えていた冊子を、ユリウスの前に広げた。そこには国内の金山から採掘された金にまつわる数字がきれいにまとめられている。ユリウスはこの表をもっと簡素にしたものを、定期的に受け取っている。

金の採掘・加工の権利はすべて国が独占し、貿易のために使われていた。国によって通貨がちがうため、金がもっとも等価交換しやすいからだ。そのため管理は財務担当の文官が行っており、一番上の責任者は内務大臣になる。

「この資料がどうかしたのか」

「ここ数年、採掘量が減っています。急激にではありませんが、微減といったところでしょうか」

「そのようだな。報告は受けている。現在の金脈は掘り尽くされようとしているのかもしれないと聞いた。十年後、二十年後に向けて、べつのあたらしい金脈を発見するための予算を、来年から計上しようとしているところだ」

「はい、それは私も聞き及んでいます」

「うむ。それで？」

「私の知人が採掘現場で働いているのですが、金の採掘量は減っていないと主張しているのです」

「なんだと？」

顔を上げたユリウスに、文官は深く頷いた。いわゆる、内部告発だ。金の採掘量が減っているからと、現場の作業員たちの給金が下がっているという。しかし作業員たちは、採掘量は減っていない、むしろ増えているのではないかと訴えているらしい。

「採掘現場には入ったばかりの若者から熟練の中年まで、さまざまな年代の男たちがいます。その中でも老練者たちは、金脈が含まれた岩を見ただけで、だいたいどれくらいの金が精錬できるか予想が可能だそうです。私には彼らの主張が、賃金を上げてほしいがための嘘だとは思えなくて」

ヨハンソンは冊子をめくり、数年前の表を見せてきた。

「減りはじめているのは、この年からです」

「八年前……」

「年間採掘量からすると、減っているのはたいした量ではありません。しかしそれが八年間となると、かなりになります。もし採掘量が増えていたのならば、誤差の総量はもっと増えます」

ユリウスは八年前の数字をじっと見つめた。

「陛下、詳しい調査を私にお命じくださいませんか」

ヨハンソンは強い意志を感じさせる目で、ユリウスに詰め寄ってくる。

「もしこれが長年にわたる不正に繋がっているのならば、暴かなくてはなりません。不正などなく、金の減産が真実ならば、現場の作業員が嘘をつき、それを信じてしまった私の目が曇っていたということです。どんな処罰でも受けます」

「ヨハンソン……」

「国を裏切った者などいないほうがいいのです。減産が本当ならば、現場の作業員たちには、減給を納得させるために話し合いの場を持ちましょう。でも、もしも不正が行われているのなら――」

冊子をぎゅっと握りしめ、ヨハンソンは悔しそうに続けた。

「金はすべて国のものです。他国との交易で国を潤すためのものでなければなりません。だれかが横領していて、私利私欲のために活用していいものではないのです。そのような行為があったとしたら、陛下への不敬にもあたると思います。徹底的に調べなければなりません」

ユリウスは青年文官の言葉を真摯に受け止めた。

金の減産がはじまったという八年前は、テルヴァが内務大臣に任命された年だった。金の採掘量に不審を抱くことは、すなわち内務大臣テルヴァが不正を犯していると指摘するのとおなじだ。もしテルヴァが関わっておらず、その下の者たちが罪を犯していたとしても、不正を見過ごしてしまった監督責任を問われるだろう。

国王への直訴に相当する訴えに、この一人の文官がどれほどの勇気をもって挑んだのか。ユリウスが一文官の戯言と相手にせず、不敬な発言だったとヨハンソンを罰する可能性もあったのだ。

国を思う勇気に、ユリウスは感服した。

「わかった。おまえに調査を命じよう。ただし、一人でやるな。信頼できる仲間はいるか？　かならず複数で動け」

調べを進めていくにしたがって、なにが飛び出してくるかわからない。不正が事実なら、国のものである金に手をつければ重罪だとわかっていて、道を踏み外したのだ。いざとなったら人の命など、どうとも思わない人物かもしれない。

「単独行動は厳禁だ」

口封じの危険があると暗に告げると、文官はすべて覚悟していると頷いた。

ユリウスは王家の紋章のすかしが入った紙に、羽根ペンで素早く文章をしたためた。ユリウスの署名と玉璽を押す。この者が勅命を受けて調査にあたっているという、お墨付きだ。

「なにかあったら、これを出しなさい」

「ありがとうございます」

　文官は恭しく受け取ると、素早く執務室を出て行った。

　一人になり、ユリウスは椅子の背もたれに体重を預ける。思わず天を仰いだ。

　予期せぬ話だった。けれど看過できない。

（まさか、テルヴァが……？）

　不正だとしたら、大胆で巧妙だ。減産量の数字は全体にくらべたら微々たるものだった。けれどその量が数年にわたり横流しされ、個人が所有するとなれば、莫大《ばくだい》な富となる。

　あの文官が不審に思わなければ、そして直接、国王に話そうと思わなければ、この件がユリウスの耳に届くことはなかったかもしれない。調査の結果、テルヴァの潔白が証明できれば、それでいい。ヨハンソンもそのようなことを言っていた。

（テルヴァがもし不正に手を染めていたとしたら、パオラはどうなる）

　大臣職を罷免になるだけでなく、テルヴァは背信の罪に問われ、裁かれることになるだろう。ヨハンソンが憤っていたように、国に背いた罪は重い。

　これが例えば名誉を傷つけられたという理由で貴族同士が争い、死人が出るほどの騒ぎになったとしても、個人的な事件なのでたいした罪には問われないことが多い。せいぜい当事者が十年単位の謹慎を課せられ、世間を騒がせた罪として罰金刑が言い渡されるくらいだろう。

　しかし国に背いた行為となると、テルヴァハルティラ家は貴族位を剥奪される可能性があった。パオラは内務大臣の令嬢から、一気に平民に落とされ、カールとの結婚は夢のまた夢となる。

ヨハンソンの調査が、なにももたらさなければいい、とユリウスは願わずにはいられなかった。

◇

アルマンドは四日ぶりに、ユリウスに会うために温室へ出かけた。

靴擦れの療養期間中は毎日見舞いと称して会いにきていたが、それが終わり、ユリウスが執務に復帰してからは遠慮して会わないようにしていた。療養中も執務をしていたとはいえ、やはり限定的になっていたようで仕事が溜まっていると聞いたからだ。

アルマンドの方も、忙しかった。マテリーナの協力を得ることができたため、ヴェステルルンド王国の重臣たちの調査が進んでいた。つぎつぎと届けられる報告書を精査し、さらにどう調べを進めるかマックスと話し合うなどして、考えなければならないことが多かったのだ。

ひさしぶりにお茶に呼ばれて来てみたら、ユリウスは温室の隅に置かれた長椅子に座り、ぼうっと外を眺めていた。

ユリウスの金色の髪に陽光がふりそそぎ、キラキラと輝いて見える。まるで一枚の絵画のように美しかったが、ユリウスの表情は冴《さ》えなくて、どこかもの悲しそうに感じた。

アルマンドは駆け寄りたい気持ちを抑え、壁際に控えている侍従長モーゼスに近づいた。

「なにかあったのか？」

「わかりません。一昨日あたりからあのように憂いをおびた表情をなさるときがあるのですが、わたくしどもにはなにも話してくださいません……」

モーゼスまで元気がない。その隣にいるマルジにも目で問いかけたが、わからない、とばかりに左右に首を振った。毒味役のこの二人が体調に変化がないなら、外的要因でユリウスの体調が悪いわけではないらしい。

護衛の双子の騎士をいつものように扉の脇に留《とど》まらせると、アルマンドはゆっくりと静かに近づいていった。

「ユリウス」

そっと呼びかける。振り向いたユリウスはうれしそうに微笑んだが、アルマンドがよく知っている光輝くような無邪気な笑顔ではなかった。

お茶を飲むためのテーブルは温室の中央に用意されている。ユリウスが立ち上がってそこへ移ろうとしたので、アルマンドは制した。そして椅子だけを運び、ユリウスの近くに置く。アルマンドがそこに腰を下ろすと、膝と膝が触れあうほどの距離だった。内緒話にちょうどいい。

「ひさしぶりです、ユリウス。会えなかったあいだ、とても寂しく感じました」

「わたしもです。あなたに会いたいと、毎日思っていました」

アルマンドが声量を抑えて小声でそう言うと、ユリウスもなんとなく合わせてくれて囁くように返してくる。恥じらうように目を伏せるユリウスは愛らしい。けれど、やはり元気がなかった。

「なにかありましたか？」

「……なぜそう思ったのでしょうか」

「俺が知るあなたとは、少しちがう感じがするので。なにか悲しい出来事でも？」

ユリウスがじわりと眉間に皺を寄せた。体のどこかが痛いような表情になっていくユリウスに、アルマンドは慌ててつけ足す。

「無理に聞き出そうとは思っていません。他国の人間には漏らせないことがたくさんあるのは承知しています。言えないのなら、そのまま黙っていてください」

「アルマンド……」

ユリウスは切ないため息をつき、しばし逡巡するような間を置いた。

「……あなたは、信頼していた臣下に裏切られたことはありますか」

思っていたよりもずっと深刻な質問を投げかけられ、アルマンドはなんと答えるべきか迷った。

「わたしは、この国の民を信じてきました。国王として、信じなければならないと思ってきました。けれど、すべての民がわたしの思いに応えてくれるなどあり得ないことも、わかっていました。人間は嘘をつく生き物です。わたしだって、生まれてから十八年間、一度も嘘をついたことがないなどとは言えません。けれど、祖父や国に背く行為をしたことはありません」

悲痛な叫びが飛び出し、アルマンドはとっさにユリウスの隣に席を移った。華奢な肩を抱き寄せて、励ますようにぐっと力をこめる。

「ユリウス……」

「ああ、わたしはどうしようもないほど甘く、愚かな王なのでしょうか」

「そんなことはない。ユリウスは立派な国王です。俺はあなたほど高潔な王を知りません」

「でも臣下に裏切られるような王です」

「あなたは国王になってからまだ日が浅い。絶望するには早いと思いますよ」

「でも――」

「かつては、俺の国で裏切りなど頻繁にありました。けれど俺の父は、へこたれなかった。一時は落ちこんだとしても、わりとすぐに立ち直っていました。そして裏切り者のことは忘れて、自分についてきてくれる者を信じる努力をしていました。俺は、人の上に立つ者とはそういう切り替えが必要なんだと学びました」

　アフティオ王国は新興国だ。建国から十五年しかたっていない。国土が落ち着いたのは、ここ十年ほどのことだ。建国前後の混乱期は裏切りなどありふれていて、いつ寝首をかかれるかわからないほどだった。

　けれど父は豪胆な男で、何度裏切られても人間という生き物を信用することをやめなかった。いきなり襲われても返り討ちにできるくらい腕に自信があったせいかもしれないが、アルマンドはそれが国王になる素質なのだと思ったものだ。

「ユリウス、あなたがこの国の民を信じたいのなら、信じつづければいいんですよ。人間は利己的な生き物ですから、どうしたって裏切る者は出てくる。そのつど傷つきながらも、前を向いて国を導いていってください。そんなあなたを敬愛し、どこまでもついていくと誓ってくれる民は裏切り者よりずっと多いはずです。彼らのために、あなたは自分が信じる自分でありつづけるんです」

　縋るように見つめてくるユリウスに、アルマンドは笑ってみせた。

「裏切り者よりも、わたしについてきてくれる民の方が多い……？」

「そうでしょう？」

「そう、だと思います。そうです」

　ユリウスの表情がわずかに明るくなり、アルマンドはホッとした。

「俺のことも信用してほしいですね。俺はあなたを絶対に裏切らないと誓えます」

「アルマンド……」

　できれば、この崇高な精神を持ったユリウスをそばで支えてあげたいと思う。彼の清廉さは貴重だ。臣下の裏切りなど気にせず、自分が目指す国政を行ってほしい。ユリウスが思うぞんぶん動けるように、側近が守ってあげればいいのだ。

　いまでも国王の手足となって真面目に働いている官僚は多いだろう。この国の官僚制度はじゅうぶんに機能していて、先王が老齢のため寝ついたときも滞りなく国は維持されたらしい。さらにもう一枚、強固な壁になれる人物がいれば、ユリウスは安全な場所で国と民のことだけを考えていられる。

（俺が、そんな存在になれたら）

　ふと、そうした考えがよぎった。自分はアフティオ王国の国王なのに、ヴェステルルンド王国の国王を支えたいなどと、そんなことを。

　国を出てくるとき、宰相のハラルドに署名させられたことを思い出す。

もし外交途中でアルマンドが命を落とした場合、アフティオ王国の全権をハラルドに託すという委任状だった。あれはアルマンドが死んだ場合を想定されていたが、自分の意志で帰らないと決めたときのことは書かれていなかった。さすがのハラルドもそこまで想像できなかったのだろう。

もし、許されるのならば——。

（いや、あれはなにがあっても国に帰ってこいという親心のようなものだと思う。国王としての責務を放棄してもいいという許可証ではない。いまは、余計なことは考えないでおこう）

アルマンドは頭を一振りして、思考を切り替えた。

ユリウスは身近なだれかに裏切られたらしい。いままで経験したことがないので落ちこんでいる。

裏切ったのはだれか。もしかして——と、アルマンドは心当たりのある人物を頭に思い浮かべた。

ここ数日の調査で、ユリウスの暗殺を企てる可能性のある人物が挙がってきていた。

内務大臣テルヴァだ。外務大臣マキネンと合わせて、ユリウスの左右を固める重臣だ。貴族ではあるが貧しい家庭で育ち、おのれの才覚でのし上がってきたという。成人後、内務省に入り、八年前、大臣に任命された。先王からも信頼されていたらしい。

テルヴァは柔和な容貌をしている。やや目尻が下がっているので、いつも微笑んでいるように見えるし、マテリーナが言うには彼が声を荒げたり他人を悪《あ》し様《ざま》に罵ったりしているのを見たことがないという。しかし娘のパオラがカールと親しくなりはじめたころから、なんとなくテルヴァのことを信用できなくなってきたとマテリーナは話した。根拠はない。彼女が肌で感じたことだ。

たしかにパオラがカールと結婚すれば、テルヴァは王族の姻戚になれる。貴族としてこれ以上の名誉はないだろう。さらに、もしユリウスが後継ぎをもうけることなく亡くなることがあれば、次の国王はカールになるのではないか。そうなるとパオラは王妃。バオラが子を産めば、テルヴァは未来の国王の祖父となる。

王妃の父、王太子の祖父――なんという魅惑の地位だろう。思うままに権勢が振るえると夢想してもおかしくない。テルヴァが腹黒い野心家であれば、いまのうちにユリウスを亡き者にしようと画策する可能性が大いにあった。とはいえ、テルヴァはいままで血なまぐさい抗争とは無縁だった。国王の暗殺を企てても、お粗末な人員しか手配できず、なかなか目的を達成することができない――湖の森での出来事は、そんな顚末《てんまつ》だったのではないか。

あの日に生け捕りにした暗殺者たちを尋問しつづけた結果、金で依頼を受けた元兵士だったことがわかっている。白状させた雇い主の名前は偽名だったのか王都とその近郊の街に該当者はおらず、そちらからの手がかりは残念ながら途絶えた。

だが、湖の森へ暗殺者を送りこむ手はずを整えた人物が絶対にいるはずだ。厳しい警備はされていなかったとはいえ、一般市民が立ち入りを禁じられている湖周辺に、あれだけの数の暗殺者を誘導できる人物がそう何人もいるはずがない。

やはり権力を握っている大臣級の人物ではないのか。悪事の確たる証拠を掴むために、マテリーナの協力を得て深部までテルヴァの調べを進めているところだ。

もしかして、ユリウスは自分の命が狙われていると知ったのだろうか。それが重用している大臣だとわかったせいで、これほどまでに沈んでいるのだろうか。

「ユリウス、なにがあったのか、俺に話してくれませんか」

せいいっぱいの優しさをこめて、躊躇いを見せるユリウスを説得する。

「胸に溜めこむばかりでは、陰鬱な気分になってしまいます。話すだけでも心にいいと思いますよ。俺は部外者ですから、逆に安心ではないですか？」

「でも……」

ユリウスは薄い桃色の唇を、白い前歯で噛んだ。歯までかわいいのか、とアルマンドは視線だけで愛でた。俯くユリウスの鼻筋が美しすぎて、そこもまたアルマンドを魅了する。苦悩しているユリウスを慰めたい気持ちは嘘ではないが、その一方でアルマンドはその奇跡の造形美を間近でたっぷりと鑑賞した。

「アルマンド、じつは」

悲しみに潤んだ目を向けられて、アルマンドはときめく胸と笑んでしまう顔が止められない。命を狙われているかもしれないのです、怖い、助けて――とユリウスが縋りついてきたら、しっかりと抱きとめて安心させてあげようと待ち構える。

「大臣の一人に横領の疑いが出ているのです」

想定外の話に、アルマンドは一瞬、なんのことかわからなかった。ユリウスは重いため息をつき、憂い顔で左右に首を振る。

「いま文官が詳しく調べているところなのですが、わたしはあの男がずっと国を裏切っていたなんて信じられないのです。かといって、決死の覚悟でわたしに疑惑を告げにきた文官を信じてあげたい気持ちもある。文官の訴えを却下することができず、わたしはさらなる調査を命じました。その結果、なにも出てこなければいいと願いながら」

祈るようにユリウスは細い声で話す。

「その文官も、調べてもなにも出てこなければいい、懸念が払拭されればいいと言っていました。罪を暴いてわたしから報奨を得たいという欲から、疑惑を告げたのではないのです。国とわたしを裏切っている国民がいたとしたら許せないという正義感から、わたしに直接訴えたようでした」

我に返ったアルマンドは、不安と憤りを抱えているユリウスに寄り添う。

「あの男が国とわたしを裏切っているなんて、まったく、ひとかけらも考えたことがなかったのです。祖父の代から仕えていた、真面目な人物だと思っていたのに、横領なんて……しかも金……」

金の横領。この国の特産品である金は、国がすべてを管理していると聞く。そんなものを横領できるとしたら、高位の役職についている人物だ。

まさか。

「テルヴァ内務大臣ですか」

ひそっとユリウスの耳に囁く。温室の隅に控えている侍従と護衛に、まちがっても聞かれないように。ユリウスがハッと目を見開いて顔を上げた。肯定したも同然の表情だった。

「なるほど……」

ユリウスが裏切りに嘆くのも無理はない人物だ。外務大臣マキネンとともに先代から仕えている忠臣だと思っていたテルヴァに、よりによって金の横領の疑惑が出た。

（これはマズいことになってきたぞ）

アルマンドはにわかに焦燥感を覚えた。ただでさえテルヴァは娘のことでユリウスを亡き者にしたいと思っていて――もちろん、まだ確固たる証拠はないが――さらに横領が真実ならば、暴かれる寸前まで追い詰められていることになる。

　ユリウスのこの様子だと、まだだれにも話していないだろう。マキネンはもちろん、成人に達していないカールに国の大事に関わることなど話していないに決まっている。いまユリウスが死んでしまえば、テルヴァの悪事はすべて闇に葬り去られるかもしれない。

　不正が暴かれそうになっていることに、テルヴァは気づいているだろうか。自分の尻に火がついていることを感づいているとしたら、ますますユリウスの命が危ない。

「信じていた者に裏切られていたら辛《つら》いですね、ユリウス」

「辛いです……。けれど、それよりも、わたしはカールがかわいそうで」

「ああ、大臣の娘と恋仲だと聞きました」

　会話を続けながら、ユリウスを守るためにまずなにをするべきか、アルマンドは考える。モーゼスと共同してユリウスの護衛を配置したが、もう少し増やした方がいいだろう。そして早急に、テルヴァの尻尾を摑むべく、調べを進めなければ。

　ユリウスにテルヴァの不正を訴えた文官は、どこまで摑んでいるのだろうか。文官の名前を知りたいが、ここでユリウスに尋ねたら不審がられるだろうか。

「テルヴァの娘はパオラという名で、とてもかわいらしい少女です。まだ十四歳で、一途《いちず》にカールを想《おも》っている姿が本当に愛らしくて」

「パオラ嬢とは親しいのですか」

「いえ、親しくなりたいと思って、つい先日、会ってみたところだったのです。二人の気持ちが確たるものならば、カールが成人したときに婚約を整えてもいいと考えていて……。まさか、テルヴァに不正の疑惑が持ち上がるなどとは思ってもいませんでした。金の横領は大罪です。パオラはもちろん関係ありませんが、おそらくカールとの結婚は無理だと……」

　パオラは内務大臣の娘から罪人の娘になってしまうということか。かわいそうだが、仕方がない。

「たしかに引き裂かれる若い二人はかわいそうですが」

「わたしの代わりに、カールには幸せになってほしかったのに……！」

　ユリウスの口から呻くように吐き出された言葉が引っかかった。

「わたしの代わりとは、どういう意味ですか？　そんな言い方、まるでユリウスは幸せになれないと決まっているようではないですか」

「あ……」

　狼狽《うろた》えたようにユリウスは視線をさ迷わせる。アルマンドの勘違いなどではなく、そういう意味でユリウスは言ったらしい。

「ユリウスは将来に不安を抱えているのですか。それとも、いま不幸なのですか」

「……あなたには関係のない話です」

　ユリウスはふらりと立ち上がり、アルマンドに背中を向けて温室を出ようとした。追及されたくないといった意思表示だろうが、このまま行かせるわけにはいかない。

「待ってください」

腕をとり、引き留める。握ったユリウスの二の腕は、アルマンドの手でぐるりと掴みきれてしまうほどに細かった。その腕がかすかに震えている。嫌がられているのか、怖がられているのか、それとも痛みを感じているのか。

「乱暴をしてすみません。痛かったですか？」

ユリウスに喜び以外の感情を抱かれるのは本意ではない。アルマンドは慌てて手を離した。

「……いえ、大丈夫です……」

振り向いたユリウスの目元が赤くなっていた。泣きそうになっている。奇跡の美貌を鑑賞している場合ではない。アルマンドはユリウスの心の内を知りたいが、泣かせたいわけではないのだ。

楚々《そそ》とした足音が近づいてきて、「陛下、いかがなさいましたか」とモーゼスが声をかけてきた。温室の隅にいたモーゼスには二人の会話ははっきり聞こえていなかっただろうが、ユリウスの憂いを晴らすどころかアルマンドが余計にこじらせたと察したのだろう。

ユリウスは老侍従の登場に、あきらかにホッとした空気をかもしだした。

「大変お疲れのようです。いったんお部屋でお休みになられますか？」

こくん、とユリウスが頷く。モーゼスがちらりとアルマンドを見て、今日のところはここまでに、といったふうに目配せしてきた。仕方がない。

モーゼスに促されて温室を出て行くユリウスは、アルマンドを一度も振り返らなかった。

無力感に打ちのめされながら、アルマンドも温室を出た。ユリウスがいないのに留まる理由がない。ユリウスを暗殺者から守れているうえに、テルヴァの悪事が決定的になりつつあることに慢心していたのかもしれない。まだなにも片付いていないのに、マックス以下、優秀な臣下とマテリーナの協力のおかげで、自分にできないことはないと思い上がっていたように思う。

アルマンドは双子の護衛を従え、意気消沈しながら迎賓館に戻った。

ため息をつきつつ扉を開けると、マックスとマテリーナがなにやら顔をつきあわせて楽しそうに話をしているところだった。二人のあいだにあるテーブルには王都近郊の地図が広げられていて、作戦会議の様相を呈しているものの、どうにも二人の表情が緩い。

「ああ、これは陛下。お帰りなさいませ」

マックスが立ち上がり、敬礼してきた。マテリーナも席を立ち、令嬢らしくきれいな礼をする。今日のマテリーナは貴族の令嬢らしい装いだった。つまり胸の谷間も露わなドレス姿で、髪は優雅に結われて金細工で飾られている。

無骨すぎるマックスと対局にある姿ではあったが、話しこんでいた二人の姿はなぜだかしっくりくるような気がしないでもなかった。二人のあいだには、秘密を共有する仲間以上のものを感じる。

（この二人、いつの間に……。主君である俺が落ちこんでいるというのに）

つい苛立ちを側近にぶつけてしまいたくなる。しかしそこはぐっとこらえた。マックスはともかくマテリーナに八つ当たりするのはお門違いだし、一国の王としてあまりにみっともない。

「お早いお戻りでしたね。ユリウス陛下にはお会いできなかったのですか？」

「いや、ユリウスの体調が思わしくなかったので、すぐに切り上げることになった」

「体調が？　それは大変だわ」

ふたたび座りかけていたマテリーナが、慌ててまた立ち上がる。それをアルマンドが止めた。

「体調というか、あれは心労でしょう。すぐにどうこうというわけではないと思います。話があるので座ってください」

アルマンドが空いている椅子に腰を落ち着けると、マテリーナも座りなおした。

そこでアルマンドは二人に、ユリウスから聞いたテルヴァの不正疑惑を話して聞かせる。

「金の横流しですって？」

マテリーナの顔色が変わった。その様子から、やはり金にまつわる不正は大罪だとわかる。

「まだはっきりとはしていないようです。証拠が摑めたら、ユリウスはまずテルヴァを罷免するでしょう。その後の流れについて、マテリーナ嬢には予想がつきますか？　ユリウスがみずから裁くのか、それとも司法の手に委ねるのか」

「ユリウスは司法に任せると思います。国王が重臣を裁き、死に至らしめたとしても、たぶん国民は責めないでしょう。けれど彼は独裁者ではありません」

マテリーナはひとつ息をつき、まっすぐアルマンドを見た。

「私の記憶では、内務大臣ほどの重職につく者が金の不正に関わったことはなかったと思います。過去には、現場の責任者や交易に関わる者が金に手をつけた事件があり、もっとも重い刑が科されました。死刑です」

「罪人が上級貴族でも、それは同様に裁かれますか？」

「そのときの罪人は貴族でした。ただし下級貴族です。テルヴァ大臣ほどの人物になると、いくら大罪でも死刑はないかもしれません。ただ、金の横流しなど大臣一人でできるはずもないので、採掘現場や製錬場、交易担当者に協力者がいるはずです。その者たちがどこまで罪に問われるのか、わかりません」

マテリーナは「ああ……」と嘆きの声を上げた。がっくりと肩を落とし、ユリウスを心配する。

「ユリウスはテルヴァを信頼していました。不正の疑惑を聞いて、どれほど心を痛めたかと思うと、かわいそうでなりません。それにカールとパオラのことも……」

三人のあいだに重苦しい沈黙が落ちる。

しばらくしてマックスが「われわれの調査ですが」と口を開いた。

「なにか摑めたのか」

「いえ、まだです。けれど湖の森に侵入しようとした不審者を、あらたに何人か捕縛しました」

「それはいつのことだ」

今朝です、とマックスが答える。

「現在、尋問中です。かならずまた暗殺者が送りこまれるはずだと警戒していましたから、難なく捕らえることができました。捕縛したあとの輸送にわれわれだけでは手が足りないので、マテリーナ嬢にマキネン家の私兵をお借りしました。事後報告で申し訳ありません」

「いや、そんなことはいい。マテリーナ嬢、感謝する」

丁寧に頭を下げると、マテリーナは恐縮した。

「我が国の王を守るためですもの。本来は私どもが血眼になって動くべきところを、他国の方々にお任せしてしまっているのです。感謝しなければならないのは、こちらの方です」

マテリーナが「ありがとうございます」と深く頭を下げてくる。

「暗殺の首謀者の特定を急がねばなりませんな。もしそれがテルヴァ大臣ならば、いよいよユリウス陛下のお命が危うくなります」

マックスもアルマンドとおなじことを考えているようだ。

「私はできるだけユリウスのそばにいるようにしましょう。ユリウスが一人になることがないように」

「それではマテリーナ嬢も危険なのでは？」

「私は自身の護衛を連れていきます。これみよがしに何人もぞろぞろと連れていけば効果的でしょうね。ユリウスに理由を尋ねられたら、私が関わる事業関連で少し揉《も》めているので、安全のためにとでも言い訳をしておきます」

ふふふ、とマテリーナは頼もしく笑った。そんな彼女を、マックスが満足そうに見つめている。

今後の方針を確認して、今日の作戦会議は終了となった。マテリーナが部屋を辞していくと、マックスがアルマンドに向き直る。

「陛下、じつは宰相殿から手紙が届いています」

マックスが懐から封筒を取り出す。封蠟《ふうろう》を開けて、アルマンドはその場で読んだ。それほど長い手紙ではない。一読してマックスに渡した。マックスはさっと目を通し、苦笑いした。

「宰相殿は陛下のことをよくご存じですね」

ハラルドからの手紙には、『もう気晴らしはすみましたか。交易に関する条約の完成と締結はまだ先になります。そろそろ帰国してください』と書いてあった。

この国に来てから、ちょうど十日が過ぎた。移動にも十日かかっている。これからすぐに出発しても、帰路に費やす日数も十日。外交目的とはいえ、合計一カ月も国王が不在になる。宰相の立場としては、帰国を促すのは当然だろう。

しかし、この状態のヴェステルルンド王国を――いや、ユリウスを放って帰ることなどできない。

「おまえ、ハラルドに余計なことを知らせていないだろうな」

「余計なこととはなんでしょう。陛下がこちらの国王に一目惚《ぼ》れしたようだとは、報告の中につけ加えましたが」

「それが余計なことだと言うんだ！」

「しかし事実です」

「おまえこそ外務大臣の娘にのぼせ上がっているじゃないか」

「なっ、なにを、そんなこと、あるわけが……」

日に焼けた顔を赤黒くしながらマックスが動揺する。アルマンドと同年代なのでマックスももう三十歳だ。ちょっと揶揄《やゆ》されたくらいで赤面するとは。

「おい、禿頭の大男が照れてもぜんぜんかわいくないぞ。むしろ不気味だ」

「不気味とは酷いです。私にも心があるのですよ」

抗議してくるマックスから顔を背け、もう一度、ハラルドの手紙に視線を落とす。

「いま帰れるわけがない。俺はまだ帰らないぞ」

「それについては私も同感です。この深刻な案件が片付かなければ、この国を離れられません」

「おまえは、問題が片付けば帰国すると言うのか。マテリーナ嬢はいいのか？　気に入っているんだろう」

「それは、まあ……」

マックスは俯き、禿頭を大きな手で一撫でした。

「素晴らしい女性だと思います。精神的に自立していて、具体的な目標も持っています。非常に好感を抱いていますけど――私はアフティオ王国の人間で、彼女とは立場がちがいます」

「立場？　身分の差のことか？　我が国には明確な身分制度はないから、たしかにおまえは貴族ではないが、国王の側近だ。ヴェステルルンド王国の外務大臣の娘と釣り合いがとれないというほどの身分の差はないと思うが」

「そもそも私はこんな見てくれですし」

「たしかに禿頭に強面《こわもて》で図体はデカい。子供が怖がって泣くほどだ。しかしマテリーナ嬢は最初からおまえに躊躇なく近づいて話しかけていた。彼女は気にしていないのではないか？」

「そうでしょうか」

マックスが頼りない目でアルマンドを見てくる。戦場に出れば敵なしの豪腕で、平和になってからは意外に繊細なところを見せてアルマンドの補佐をしているマックスが、助けを求めるような顔をしていることに、呆れてしまう。

「おい、どうして俺がおまえを励ますようなことを言わなくちゃならんのだ。励ましてもらいたいのは俺の方だ。ユリウスに本当の悩みを打ち明けてもらえず、すごすご戻ってきたんだぞ。落ちこんでいるんだ！」

「そうだったのですか。たしかに戻ってきたとき、沈んでいる感じがしました」

つけ足すように「なにかありましたか」と尋ねられ、アルマンドは首を左右に振った。

「もういい」

「しかし……」

「ユリウスは話してくれなかったから、俺もよくわからんのだ」

自分の代わりにカールに幸せになってもらいたかった――という言葉には、いったいどんな想いがこめられていたのだろうか。彼はなにを想像し、どうして悲観的になっているのだろうか。ユリウスの心を塞いでいるものを、取り除いてやりたい。ユリウスには憂いなく笑っていてほしいから。

「とりあえず、ユリウスの身を守ることを最優先しよう」

「そうですね」

人手が足りない部分は、引きつづきマテリーナに頼んでマキネン家の私兵を動員してもらえば大丈夫だろう。暗殺の首謀者がテルヴァならば、マキネン家は権勢を争う相手だ。マキネン家の私兵の中に、テルヴァの手の者が潜んでいる可能性は低い。信用していいだろう。

「けれど陛下、あまりにもユリウス陛下に兵を割きすぎると、あなた自身が無防備になってしまいかねないのですが」

マックスが真顔でそんなことを進言してきて、アルマンドは笑い飛ばした。

「この俺が、いったいだれに後れをとるというんだ。戦場から離れてひさしいが、まだ腕は落ちちゃいないぜ」

「それはわかっています。ですが――」

「俺のことはいい。ユリウスを優先してくれ。俺は自分の面倒くらい自分で見れる」

アルマンドが頑《かたく》なに言い張ると、マックスは渋々ながら「はい」と頷いた。

帰国のことは、まだ考えない。すべてが終わってからだ。

（ユリウス……）

彼のそばから離れる日のことを想像しただけで、頭が真っ白になる。自分が自分でなくなってしまいそうだ。

（ダメだ、まだ考えるな、まだ）

いまは、目の前にある問題だけに集中しよう。

◇

「陛下、テルヴァ内務大臣です」

文官にそう告げられ、ユリウスはにわかに緊張した。予定されていた内務に関する定期報告だ。執務机についたまま、ユリウスは顔を上げてテルヴァを見た。

見慣れた柔和な容貌が、ゆっくりと近づいてくる。財務担当の文官から不正の疑惑を訴えられてから、五日が経過していた。その文官、ヨハンソンからの調査結果はまだ届いていない。

彼が言っていたように八年ものあいだ金を不正に横流ししていたとしたら、テルヴァはそうとうの策士であり、内心を隠す術《すべ》を持っていることになる。

自分が調べられていることに気づいているのだろうか。もし気づいているとして、それをユリウスが知っているのかどうか、悟られてはいけない。緊張するなという方が無理だ。

「陛下、今年後半の各省の予算配分はこのとおりとなっております。国内各町村への行政予算分配はこちらです」

提出された冊子を開き、テルヴァの解説を受けながら数字を確認していく。公共工事の予定とその予算、福祉に関する予算等の話も聞き、ユリウスは頷いた。とくに引っかかる部分はなかった。

最後に金の採掘事情と精製量の報告を受ける。やはり微減ということだった。

冊子を持つ指が震えそうになったが、ユリウスは意志の力でそれを抑えた。テルヴァの声はいつもと変わりなく、淀《よど》みない説明を聞くぶんにはおかしなところはまったくなかった。

「今後のために、やはりあたらしい金脈を探した方がよろしいのではないかと、現在の発掘現場を検証した学者からの意見が集まっております」

「そうらしいな。前にも言ったように、今後に向けて金脈調査のための予算を組むつもりだ。以前、調査に参加してもらう専門の学者への報酬と必要な機器の新調、その他の費用の概算を提出してもらったが、過去の調査にくらべて突出した金額ではなかった。おそらく通るだろう」

「ありがとうございます」

テルヴァは丁寧に頭を下げ、安堵したように微笑む。

その後、いくつかの確認をしたあと、テルヴァは退室していった。

ユリウスは全身から力を抜き、ぐったりと椅子に沈む。おかしな反応はしなかっただろうか。なにかマズいことは口にしなかっただろうか。しばし自分の言動を思い返す。

「どうかなさいましたか」

文官がテルヴァの報告書を集めながら、ユリウスに尋ねてくる。

「どこかお加減でも？」

「いや、なんでもない。大丈夫だ」

姿勢を正し、執務を続ける。ヨハンソンの調査が終わるまで、テルヴァに会うときはこの緊張が続くのだ。これはそうとうの精神力が必要だなと、ユリウスはぐっと奥歯を噛みしめた。

温室に入ってきたアルマンドの姿を目にしたとたん、ユリウスの胸はきゅっと切なく痛んだ。

アルマンドは滲むようなあたたかな笑みを浮かべ、テーブルの横で立ち尽くしているユリウスに歩み寄ってくる。

「おひさしぶりです。元気そうでよかった。心配していました」

まっすぐ目を見て気遣ってくれるアルマンドに申し訳なさがこみ上げてきて、ユリウスはそっと視線を逸らした。せっかくの二人きりのお茶会を、自分のせいで短時間で切り上げて自室に戻った日から、五日がたっていた。

アルマンドからはその日の夜から毎日、体調を気遣う伝言が届いていたが、ユリウスは多忙を理由に会わずにいた。けれど交流目的で滞在している国賓を、いつまでも邪険にするわけにはいかず、こうしてあらためてお茶会を開いた。

ただし今日は二人きりではなく、マテリーナとカールも招待している。二人きりで会う勇気と覚悟は、まだなかった。

「アルマンド陛下、おひさしぶりです」

一番乗りしていたマテリーナが礼をし、アルマンドは彼女の手を取り、恭しく挨拶した。

マテリーナはここ数日、毎日ユリウスに会いにくる。ユリウスの執務時間を把握して、休憩や執務後を狙って会いにくるので、とくに困ってはいない。しかし連日の訪問にはなにか理由がありそうだと思い、それとなく尋ねても、マテリーナははぐらかして答えてくれなかった。

ユリウスはちらりとアルマンドの背後、温室の出入り口を見遣った。アルマンドがいつも連れている双子の剣士が扉の両脇に立った。じつは庭園側の出入り口には、マテリーナの護衛兵が立っている。

いままでマテリーナは王宮の中にまで自分の護衛を連れてくることはなかった。慈善事業の仕事のときは護衛をつけていると聞いたことはあったけれど。

マテリーナが連日通ってきていることと、なにか関係があるのだろうか。

三人とも席につき、老侍従が淹れてくれたお茶をゆったりと飲む。ユリウスは五日前のことをアルマンドが切り出さないことを願いつつも、こうしておなじ空間にいられる喜びを噛みしめていた。

「カール、遅いわね」

マテリーナがぽつりとこぼしたので、温室の壁際にある大きな柱時計を見る。たしかにカールに告げた時間を過ぎていた。カールがいなくてもお茶会に支障はないが、今日は最初から四人でと思っていたので、一人欠けていると落ち着かないものがある。

「午前中はいつものように騎士団の訓練に参加していたはずで、昼食をとり、湯浴みをして着替えたあと、ここに来ると聞いていたのだけど」

ユリウスはそう答え、侍従にカールの様子を見にいってもらおうかと思案しはじめたところで、当人が姿を現した。その足取りにいつもの元気がないと、ユリウスはすぐわかった。

「兄上、遅れてしまい、申し訳ありません」

カールは礼儀正しく謝罪し、アルマンドとマテリーナにもきっちり頭を下げた。空いていた椅子に座ったカールに、老侍従がお茶を淹れる。

「今日は訓練が長引いたのか？」

遅れた理由をちらりと尋ねてみると、カールは「いえ……」と言葉を濁す。言いたくないことなら無理に聞き出そうとは思わない。遅れたといってもわずかな時間だ。

「じつは訓練から戻ったら、パオラからの手紙が届いていまして」

ユリウスが止める前に、カールが話し出した。戸惑った表情をしている。

「急遽、私に会いたいとのことでした。ですが、今日は兄上とアルマンド陛下、マテリーナとのお茶会が予定されていたので、それが終わったあとでならと手紙を書いたのです。侍従にすぐテルヴァハルティラ邸に届けてほしいと言付けました。侍従はその足で王宮を出て、本当に素早く届けてくれたのですが、戻ってきたときにパオラからの返信を預かっていました。そこには、自分もお茶会に参加したいと書かれていました」

ユリウスがパオラをここに招待し、はじめて会話をしたのは九日前のこと。きちんと躾けられた名家の令嬢という印象だった。礼儀をわきまえており、いきなり国王のお茶会に参加したいなどと、不調法なことを言い出すような少女には見えなかったが。

「あまりにも突然の願いだったので、いくらパオラでもそれは無理だと返事をしたため、ふたたび侍従に頼みました。そんなやり取りをしていたら、少し遅れてしまったわけです。申し訳ありません」

「いや、構わない」

ユリウスは恐縮しているカールに微笑みかけた。

「そうか、パオラ嬢はわたしのお茶会を気に入ってくれたのだな。わたしもまた彼女と話がしたいと思っていたところだ。後日、会える日を設けよう」

「ありがとうございます」

ホッとしたような顔をしたカールから、ユリウスは視線を逸らす。お茶を飲む動作でそれをごまかした。

カールにはテルヴァの不正疑惑を知らせていない。九日前に会ったときのパオラも、なにも知らないようだった。十四歳の少女が、もしわずかでも自分の父親にふりかかった疑惑を聞いていたら、とてもではないが屈託なく微笑むことなどできなかっただろう。

急にお茶会に参加したいと言い出したのは、もしかしたらなにか知ったのかもしれない――。

ということは、テルヴァも勘づいた可能性が高い。自分が秘密裏に調べられているということを。

いまだ調査中の文官たちは、無事だろうか。

すぐに確かめたくなったが、ここで席を外したら全員に不審がられるだろう。それに、ユリウスが無闇に彼らに連絡をとろうとしては、テルヴァをいたずらに刺激することにもなりかねない。

ここは文官たちから連絡があるまで、じっと待つしかないのかもしれない。

国王とは目立つ地位なだけに、下手に動けないものだ。歯がゆい。ユリウスはため息を飲みこむ。

ふと、ユリウスの両隣が異様な雰囲気になっていることに気づいた。アルマンドとマテリーナは、一見、いつもの表情でお茶を飲んだり焼き菓子を摘《つま》んだりしている。けれど、どこか張りつめた空気をまとっているような感じがした。

「今日の焼き菓子は、いつもと風味がちがいますね。材料の産地が変わったのかな？」

カールだけが焼き菓子を頬張り、お茶のおかわりを老侍従に淹れてもらっている。パオラとのお茶会をユリウスが承諾したので、あっさりと憂いが晴れたのだろう。

「生地に練りこまれた蜂蜜が、蓮華《れんげ》から林檎《りんご》の花のものになったと聞いております」

「ああ、それで風味が変わったのか」

「季節が春から夏へと移り変わった証《あかし》でございましょう」

カールと老侍従の会話から、ユリウスは季節の変化を実感した。

いつの間にかヴェステルルンド王国は初夏の空気に包まれている。アルマンドとの出会いは、まだ晩春と呼べる時期だった。あれから半月。もう初夏だ。

「今日も騎士団で訓練をしてきたのですか」

カールに話しかけているアルマンドの横顔をちらりと盗み見る。

（この人は、いつまで滞在する予定なのだろう……）

交易の条約文がすべて完成し、締結するまで滞在しつづけることはないだろう。現在、両国の文官が作成を進めているが、草案の段階で一カ月はかかると聞いている。その後、草案はアフティオ王国の宰相の手に渡り、訂正箇所や追記事項などを二国間でやり取りしながら決定していく。おそらく二カ月から三カ月はかかるのではないだろうか。アルマンドがそれほど長く自分の国を留守にするはずがない。アフティオ王国の宰相はかなりの切れ者で国民は信頼を置いているらしいが、それでも国王があまり長く自国を空けるのはよくないだろう。

（わたしは自分勝手でわがままだ……）

隠している本心を知られたくなくて避けているくせに、アルマンドに帰国してほしくないと思っている。今後は国同士が交流していくといっても、おたがいの王都は離れている。王宮から出たことがないユリウスにとって、アフティオ王国の王都ははるか彼方《かなた》にあった。

行きたい、会いたいと思って、すぐに行ける距離ではない。帰国されてしまったら、アルマンドが再びこちらに来てくれる日まで、ユリウスは待っているしかないのだ。

（帰らないでほしいと言ったら、きっと困らせる……。いや、呆れられて、厭《いと》われるかもしれない）

悲しい想像に、ユリウスは目の奥が熱くなってくるのを感じた。

五日ぶりにアルマンドの顔を見ることができたお茶会だったが、ユリウスはあまり楽しめなかった。余計なことを口走らないよう慎重になるあまり口数が減ってしまい、ろくに会話ができなかったのだ。ほかの三人が話しているのを、ただぼうっと聞いているしかなかった。最後の方では、様子がおかしい、体調が悪いのではと三人に心配されてしまったほどだった。

（もう、会わない方がいいのかもしれない）

アルマンドの精悍《せいかん》な顔を思い浮かべるだけで胸が痛い。無邪気に触れることができていたころに戻りたいと思う。

ユリウスはため息をつきながら執務をこなした。以前より集中力が落ち、冴えない顔色をしているユリウスを、文官も気遣ってくれる。臣下に心配をかけてしまい、ユリウスはますます気鬱になった。

そんなとき、マキネンが外務に関する定期報告にやってきた。

「失礼します」

赤茶の髪と瞳、そして口髭。がっしりとした体をのしのしと歩かせて、執務室に入ってくる。いつもと変わらない調子のマキネンに、ユリウスはホッとした。

　各国との交易はとくに問題なく行われていること、迎賓館でのアフティオ王国の客人たちの様子などをかいつまんで口頭で報告したあと、マキネンは詳細が書かれた書類を提出した。

「アルマンド陛下の迎賓館での様子はどうだ？　不自由なく快適に過ごされているか？」

　せいいっぱいのさりげなさを装って聞いてみる。マキネンは「そのようです」と頷く。

「しかし、アルマンド陛下のことは、陛下の方がよくご存じなのでは？　頻繁に王宮の温室でお茶の時間をともにされていると小耳に挟みましたが」

「あ、ああ、そうだな」

　迎賓館の責任者であるマキネンが、アルマンドの動向を把握しているのは当然だ。余計な質問だった。不審がられないよう、なにかほかに尋ねる事柄はないかと慌てて考える。

「陛下、マテリーナもここのところ、たびたび温室へ足を運んでいるようなのですが、なにか特別な理由でもあってお呼びになっているのでしょうか」

「マテリーナ？　いや、わたしは呼んでいない。たしかにここのところよく来ているが……不思議にも思わなかったので、理由など尋ねていないな」

「そうですか。陛下の私的な時間をお邪魔しているのでなければいいのです。なにやら我が家の私兵を勝手に動かしたり、あちらこちらへ顔を出して人脈を構築しようとしたりしているようなので、すこし気になりまして」

　マキネンは女の身でありながら社会に出ている娘が心配でありつつも、信念を持って精力的に活動しているマテリーナが誇りでもあるようだ。その複雑そうな表情に、ユリウスは苦笑した。

「マテリーナはわたしよりもよほどしっかりしているので大丈夫だろう。最近はいつも護衛の兵を連れている。自分の身を自分で守ろうと考えたらしい。なにやら関わっている事業関連で揉め事があったとか。マキネン家の私兵を動かしたのは、そういうことではないのか？」

「ああ、なるほど。そうでしたか。教えてくださってありがとうございます、陛下」

明るい顔になったマキネンは、またのしのしと歩いて執務室を出て行く。その後ろ姿には、一切のやましさは感じられなかった。マキネンはテルヴァとちがう——。

（いや、まだ疑惑は疑惑のままだ。不正が確定したわけではない。結果が出るまで、そんなことは考えてはいけない）

ユリウスは深呼吸をして波立つ気持ちを鎮めようと努力した。

◇

近衛騎士団の訓練を見学させてもらった帰りのことだった。

アルマンドはマックスと迎賓館へ向かって歩きながら、見学の感想を話していた。背後には護衛のための剣士を二人連れていたが、訓練場は広大な王宮の敷地内にあり、迎賓館までは渡り廊下で繋がっている。危険はないだろうと、二人とも話に集中していた。

見学は有意義だった。組織だった訓練は新人育成に流用できそうで非常に参考になったし、武器の統一による経費の削減は統治者として参考にしたいところだ。

「しかし、陛下、我が国の剣士に武器の統一など可能でしょうか。個性が強い剣士ばかりで、それぞれ妙なこだわりがありますし」

マックスが微妙な顔をする。それについてはアルマンドも同意見だ。そこが一番、頭を悩ませるところだった。

「アルマンド陛下」

渡り廊下の先から声をかけられて視線を向ければ、内務大臣のテルヴァが数人の文官を引き連れてこちらに歩いてきていた。直接会ったのは晩餐会で一度だけ。けれど自分たちのあいだでは何度も名前が挙がっている人物だ。

内心で警戒しながらも、アルマンドはそれを態度に出さないように気をつけた。

「これはテルヴァ大臣、こんにちは」

「近衛騎士団の訓練を見学されてきたのですか？」

歩いてきた方角からそう推測したのだろう。アルマンドはにこやかに「はい」と頷いた。

「大変参考になりました。さすが歴史ある大国。素晴らしい近衛騎士団をお持ちだ」

「軍事大国であるアフティオ王国の国王からそのように褒められると、なにやら不思議な気持ちがいたしますな」

社交辞令だと言いたいのか。隣国の王に対してずいぶんと挑戦的な言い方だ。

テルヴァはアルマンドの背後に控えている護衛役の剣士を眺め、目を細めた。二人は腰に佩いている剣の形がちがう。晩餐会には揃いで誂《あつら》えた制服を身につけさせたが、普段着はばらばらだ。それぞれが自分なりに考えた動きやすい格好をしている。

「アフティオ王国の騎士は、ずいぶんと自由らしいですな。われわれには真似できません」

「そうですか。まあ、新興国ですから、なにかと自由ではあります」

「国王もずいぶんと自由でいらっしゃる。ここはヴェステルルンド王国。アルマンド陛下が統治する国ではないということを理解しておられるか」

柔和な目の奥で、冷い瞳が光が瞬いたように見えた。アルマンドは真正面から、威嚇を受け止めた。

「最近、なにやら他国の者が王都内で蠢《うごめ》いているという報告を受けております。アフティオ王国の者ではないと、私は信じておりますが、はたしてどうでしょうか」

マックスと背後の剣士たちがぐっと緊張したのがわかった。アルマンドはテルヴァに見えないよう、背中で手を動かす。鎮まれ、と命じた。

アルマンドの指令を受けた剣士たちが王都内でひそかに調べものをしていることを、テルヴァは察知しているのだろう。こんな場所でテルヴァと出くわすこと自体がおかしい。この先には訓練場しかない。おそらくアルマンドを待ち伏せていたのだ。

「俺の臣下が王都内でなにか問題を起こしたのならば、責任をとります。そうでなければ、多少のことは目をつむっていただきたい。われわれは自由を愛する田舎者です。迎賓館でじっとしていることができず、洗練された王都内を浮かれて散策したとしても、仕方がないことではないですか」

あくまでもにこやかに、アルマンドは堂々と言ってのけた。テルヴァがすっと笑顔を消して、アルマンドを睨《にら》みつけてくる。

けれどそれ以上はなにも言わず、黙って背中を向けた。文官たちを引き連れて、渡り廊下を去っていく。彼らの姿が見えなくなってから、マックスがひとつ息をついた。

「どうやら、われわれの動きを知っているようですね。どうしますか」

「どうもこうもない。俺がなにを調べているのか、あの男はまだ摑めていないようだ。摑めていたとしたら、こんなふうに悠長に牽制してこないだろう。即座に俺を暗殺しにかかるはずだ」

「そんな物騒なこと、口にしないでください」

マックスが苦虫を嚙みつぶしたような顔になる。

「まあ、知られるのは時間の問題かもしれないな。だが——そうだからといって、ユリウス暗殺の首謀者をつきとめるまでやめることはできない」

「そう言うと思っていました。せいぜい、警戒を強めましょう」

マックスが剣士二人と頷きあう。

「マテリーナ嬢によりいっそうの協力を頼むと連絡してくれ。テルヴァに知られたら、俺だけじゃなく、ユリウスもいま以上に危険だ。一刻も早く、真実を解明しなければならん」

「わかっております」

ふたたび歩きはじめながら、アルマンドはユリウスのことを思った。なにがあっても、彼のことは守ってみせる。そう心に誓いながら。

◇

執務室にヨハンソンが来た。金の横流し疑惑をユリウスに打ち明け、調査していた財務担当の文官だ。あの日から十日が過ぎていた。

ヨハンソンの青ざめ強張った表情から、悪い報告だと察する。ユリウスは人払いを命じ、執務室にヨハンソンと二人きりになった。

「陛下、調査結果をまとめました」

差し出された冊子を、ユリウスは受け取る。急いで目を通し、暗澹《あんたん》たる気持ちになった。

やはりテルヴァは不正に金を手に入れ、私腹を肥やしていた。国に提出されていた金の採掘量は、テルヴァが内務大臣になった八年前から虚偽の数値が申告されていたのだ。

現場の熟練した作業員たちから聞き取りをしたあと、金の製錬作業を担当する部署からも証言がとれている。証言者の中には、テルヴァに買収されて横流しに加担していた者が数名いたらしい。長いあいだ、罪悪感を抱えつづけて精神的に疲弊しており、今回の調査で発覚したことに安堵している様子も見受けられたとつけ加えられている。

「この証言者たちの身柄は？」

「確保してあります。病気を理由に仕事を休ませ、自宅ではない場所で軟禁状態です。居場所を知っているのは、私と、この調査に協力してくれた仲間数名だけです」

「絶対に死なせてはならない。重要な証人だ」

「わかっております」

「さらなる証言を得るための拷問は禁止する。身内の接見も許可するな。三度の食事はかならずヨハンソンの仲間に毒味をさせるように」

テルヴァはそ知らぬ顔で八年間も国を謀《たばか》っていたのだ。追い詰められたらなにをしでかすかわからない。テルヴァに証人を消されては困る。体調を崩されても困る。健康を維持し、意識も記憶も明瞭でいてもらわなければならない。そのときが来たら証言してもらう必要があるだろう。

「ヨハンソン、引きつづき、おまえ自身の安全も確保しておきなさい」

ユリウスが真剣に文官の身を案じると、ヨハンソンは感じ入ったように目を潤ませた。

「私のような一介の文官に、そのようなあたたかいお言葉……。ありがとうございます」

「一介の文官？　おまえが？　そんなわけがないだろう。これほどの調査をしておいて。不正に気づいたところも素晴らしい。勇気を出してわたしに訴えてくれたことも感心している。ヨハンソンは希《け》有《う》なものを持っていると思う」

率直な言葉で褒めると、ヨハンソンは顔を赤くし、ますます目を涙でいっぱいにする。

「陛下のためなら、私はなんでもいたします！　陛下は私たちの光です。一切の憂いなく、燦然《さんぜん》と輝いていてほしいのです」

「ありがとう。これからも期待している」

ユリウスの微笑みに、ヨハンソンは頭に血が上りすぎたのか、いまにも倒れてしまいそうなほどふらふらになった。それを横目に、ユリウスは下がらせていた執務室付きの文官たちを招き入れた。全員、ユリウスが信頼を寄せている者たちだ。

若いユリウスを侮るならまだしも、テルヴァは祖父まで騙《だま》していた。あれほど信頼を寄せて重用されていたというのに。内務大臣としての報酬はしっかり払われていたはず。それ以上の財貨をなぜ欲したのだろうか——いまはテルヴァの内面を掘り下げている場合ではない。早急に対策をとらなければならなかった。

「じつはみんなに話しておかなければならないことがある」

極秘裏に進めていた、テルヴァの不正疑惑の調査結果を見せる。人払いをして財務担当の文官といったいなにを話していたのか、彼らは不満と不審を抱いていただろう。ヨハンソンの報告書を見て、顔色を変えている。

「本日、テルヴァに無期限の自宅謹慎を言い渡す。すぐに正式な書面を作成してくれ。内務省で仕事をしている時間だろうが、即刻、帰宅を命じる。同時に、テルヴァハルティラ家の私兵の移動は一切禁じる。テルヴァハルティラ邸の家族と使用人の出入りも制限させるように。国軍の兵士一個小隊を監視に向かわせろ」

文官の一人が反応し、慌ただしく執務室を出て行く。

「それと、司法局に連絡をし、司法長官を呼び出せ。罪を白日のもとに晒すため、裁判を起こすことにする。わざわざ言うまでもないだろうが、正式に公表するまで、この件は他言無用である」

ユリウスの命令を受け、文官たちが動き出す。細かく指示を出さなくとも、優秀な文官たちはそれぞれ自分がなすべきことがわかっている。

ユリウスは司法長官とどのように話を進めればいいのか、これからどう物事を動かしていけばいいのか、頭の中で何通りかの流れを考えはじめた。

内務大臣ほどの地位にある人物が大罪を犯したのだ。どれだけ関係者に箝口令《かんこうれい》を敷いたとしても、人の動きから不穏な噂は広まるだろう。根も葉もない噂がまことしやかに流れる前に、いつ公にするか、時期も大切だった。

考えこんでいるうちに、司法長官が到着した。司法局は王宮の行政区と干渉しあわないよう、離れた場所にある建物の中にあった。急いで馬車を飛ばしてきたのか、老齢の長官は額に汗をかき、いささか冷静さを欠いていた。

まずはお茶を飲ませて落ち着かせてから、ユリウスは大臣の不正について説明した。

テルヴァの件に対応するため一気に雑事が増えたユリウスは、その日、日が暮れても執務室から出られずにいた。王宮の居住区から侍従がやってきて、夕食をどうするか尋ねられる。ユリウスは執務室まで運んでくれるように頼んだ。

老侍従が食事をワゴンに載せて運んできてくれたが、マテリーナが同行していて驚いた。

「忙しそうね、ユリウス。夕食をともにしようと待っていたのだけれど、なかなか戻ってこないから、私は先にいただいたわ」

彼女はスカートの丈が短い、動きやすそうなドレスを着ていて、今日は外で事業関連の仕事があったのだなとわかる。そのあとで王宮の居住区に寄ってくれたのだろう。

「すまない、マテリーナ。このありさまで」

マテリーナと話し、老侍従が会議用のテーブルに夕食の皿を並べているあいだにも、文官たちが次々と書類を提出してくる。

「陛下、用意が整いました。こちらへどうぞ」

老侍従に促され、ユリウスは執務机から離れた。差し出された書類を受け取りつづけていたら、きりがないことはわかっている。栄養補給をしないと頭が働かないことも、もちろん知っていた。

文官たちにも休息をとるように指示をして、テーブルに移る。老侍従がマテリーナのためにお茶を淹れたので、彼女はユリウスの対面に座った。

スープは冷めかけていたが、とても美味しい。溶けこんだ野菜の滋味が、体に染みていくようだった。肩からふっと力が抜ける。

調査結果が出るまではあれこれと悩んでいたユリウスだが、こうなってしまったからには、いかに正当性を持って事後処理にあたるかしかなく、かえって気持ちが定まっている。数日ぶりに味覚が正常に働いているようで、食事が進んだ。老侍従がうれしそうにしている。

給仕されたものをほとんど胃におさめ、一息ついたところで、マテリーナが話しかけてきた。

「ユリウス、今日の午後、テルヴァ大臣が仕事中にもかかわらず帰宅を命じられたと聞いたけれど、本当なのかしら？」

　マテリーナがわざわざ老侍従についてここまで来たのは、テルヴァの件をユリウスに聞きたかったからだとわかった。やはり文官たちに口止めをしても、内務省でその場に居合わせた者や兵士たちの口から事態は伝わってしまうようだ。

「本当だ。わたしが命じた」

「理由は？」

「……じきに発表される」

「私には話せないこと？」

　ユリウスはマテリーナをまっすぐ見つめた。マテリーナも見つめ返してくる。ユリウスはこの従姉を信頼しているが、外務大臣の娘でもある。テルヴァの不正をこの場で打ち明けてもいいかどうか、悩むところだった。逡巡しているユリウスに、マテリーナが切りこんできた。

「テルヴァ大臣が金の横流しをしていたことがわかったからかしら」

　ギョッとしてユリウスは目を見張った。テルヴァの不正、だけでなく、その内容までマテリーナが言い当てたことに驚愕する。

「それをどこでだれから聞いた？」

「アルマンド陛下よ」

　明確な返答に、ユリウスは少なからず衝撃を受けた。

アルマンドにテルヴァの不正疑惑を話したのはユリウスだ。信頼していた大臣の疑惑に憂鬱な気分でいたのをアルマンドに慰められ、他国の人間だからこそ話せるのではと説かれて、打ち明けてしまった。それだけでも国王として反省すべき点なのに、その直後にうっかりカールの結婚話にまつわる心情まで口を滑らせてしまったのは余計だった。

　ユリウスはしゃべりすぎたことを後悔しつつも、アルマンドはけっして他言しないと信じていた。それなのに、マテリーナにテルヴァの件を話していたとは。

　アルマンドとマテリーナがいつどこで、そんな話をする機会があったのか。内密に二人は会っていたということになる。ユリウスが知らないあいだに――。

　あきらかに顔色が変わったのだろう、マテリーナは宥めるような笑顔を浮かべた。

「ユリウス、変な誤解はしないでちょうだいね」

　変な誤解とはなんだろうかとユリウスは言い返したかったが、喉が塞がったように声が出なかった。

「私はあなたが心配で、アルマンド陛下と組んでいたのよ。あの方とのあいだに、個人的な感情はないわ。すべてユリウスのためなの」

　マテリーナはいままで一度としてユリウスを謀ったことはない。けれど、このときばかりは詭弁《きべん》としか思えなかった。

「テルヴァ大臣の不正の証拠が出たのでしょう？　それで謹慎が命じられた。ここまで来たら、テルヴァ大臣がどんな手を打ってくるかわからないわ。これはもう緊急事態だと思うことにします。あなたの耳には入れないように伏せていたことを話しましょう」

　伏せていた？　いったいなにを？

「ユリウス、落ち着いて聞いてちょうだい。あなたは命を狙われているの」

一切、嘘がないまっすぐなまなざしで、マテリーナが断言した。なにを言われているのか、ユリウスはしばらくわからなかった。

「いったい、なんのことだ？」

「最初に気づいたのはアルマンド陛下よ。湖に行ったとき、周辺の森に暗殺者が何人もいたらしいわ。けれどアルマンド陛下がすべてユリウスに気づかれないよう対処してくれて、事なきを得た」

「そんな…まさか」

自分がだれかに命を狙われることがあるなんて、信じられない。

たしかに以前、アルマンドに護衛をつけるようすすめられたことがある。そのときユリウスは、自分が知らされていなかっただけで先代国王の祖父は危険な目にあっていたのか、古参の文官にでも聞こうと思った。けれど、聞くこと自体を忘れてしまっていた。

「それを、侍従長はアルマンド陛下から聞いているの。それ以来、彼はあなたの口に入るものをすべて毒味しているはずよ」

マテリーナが執務室の隅に視線を向ける。つられたようにユリウスは振り返り、生まれたときからそばにいる老侍従を見た。彼は黙って頭を下げる。

「……毒味？　おまえが？」

「アルマンド陛下に命じられましたが、陛下のお命が危ういとなれば、命じられずとも進んで毒味くらいいたします。わたくしは陛下のためにどのようなことでもする覚悟でございます。いままで毒味役を置かずにいたことを猛省しております。陛下の臣下を信じるお気持ちは大変に素晴らしいことだと存じますが、やはりあまりにも無防備でありました」

老侍従はそれだけ言うと、また深々と頭を下げる。ユリウスに無断で毒味役をしていたことを、詫《わ》びているようだった。

「しかしわたくしは侍従長という役目柄、どうしても雑事が多く、陛下のおそばを離れなければならないときがございます。そうした場合は、湖行きに同行した侍従が、毒味役をいたしておりました。森の中でアルマンド陛下が暗殺者を排除する場面を見たらしく、事情を知っておりましたので」

同行していた侍従は、ユリウスと同年代くらいの若者だった。暗殺者が倒される場面を目撃したのは行きだろうか、帰りだろうか。まったく気づかなかった。

ユリウスは侍従の態度に不審を抱かなかった。内心で恐れおののき、すぐにでも安全な場所に逃げたい、けれど任された仕事を放棄できない、と葛藤があっただろうに。

「あの者、マルジといったか。今朝も顔を見たが、体調に変化はないのだな？」

ユリウスが老侍従に問いかけると、「はい」と頷きが返ってくる。老侍従は、口元を綻ばせた。

「一介の侍従の名を覚えていてくださり、ありがとうございます。マルジに伝えておきます」

「なにを言う。わたしはすべての侍従の名をそらんじているぞ？　当然のことだ。わたしはわたしに仕えてくれている者たちを、全員大切に思っている」

「陛下……」

老侍従の目が驚きに見開かれる。そんなに意外だっただろうか。たしかにユリウスは、侍従や文官を名では呼ばない。なにかを命じよう、なにかを頼もうとしたとき、振り向けばそこにだれかが控えてくれているから、名を呼ぶ必要がなかっただけだ。

「もちろん、おまえの名も知っている、モーゼス」

老侍従は「おお」と声を上げ、ふらふらと近くの書類棚にもたれかかる。ユリウスは席を立ち、「大丈夫か」とモーゼスに寄り添った。皺深い目尻に光るものがあった。

「大丈夫です。申し訳ありません」

「もう歳《とし》なのだから無理はするな。わたしの身辺に気を配る毎日が負担になっていたのではないか」

「いえ、そんなことはございません」

そう言い張るモーゼスに、ユリウスはみずから手近な椅子を運び、そこに座らせた。まだマテリーナの話が続きそうだったし、そこにモーゼスも関わっているようだとわかったからだ。

ユリウスが席に戻ると、マテリーナが話を再開する。

「私がアルマンド陛下から呼び出しを受けたのは、湖の件があったあと。あの方は私を信用してくださって、ユリウスの暗殺を企てている人物を特定したいと協力を求めてきたの。たしかにアルマンド陛下の臣下がどれだけ有能でも、知り合いもいない土地勘もない他国で動くのは限界があるわ。私はそれを無条件で受け入れた。だからマキネン家の私兵を貸したし、裏稼業に精通している人物への繋ぎもした。できるだけあなたを一人にしないでいようと思って、王宮の居住区にも通ったわ。私の護衛を引き連れて」

その経緯は理解できる。アルマンドはマテリーナと数回しか会っていなくとも、その聡明さと正義感を見抜いたのだろう。しかし――。

「どうしてそんな重要なことを、当事者である、このわたしに話してくれなかったのだ」

不満が腹の中を渦巻いている。アルマンドに対しても、マテリーナに対しても。

「教えてくれていたら、わたしにも対策のしようがあった。多忙なあなたに手間をかけさせず、自分の身を守ることくらいできたと思う。すべてを私に秘密にしたのは、あなた方が結局わたしを信用していないということだ！」

生まれてはじめて声を荒げた。ユリウスは両手を握りしめ、憤りのあまり全身を震わせる。

「ユリウス、怒らないで」

マテリーナが困惑した表情をしている。ここまでユリウスが腹を立てるとは思っていなかったのだろう。平静をとりつくろうことはできなかった。国王が感情のままに怒鳴るなんて、もっともやってはいけないことだ。わかっていたが、ユリウスは冷静になれなかった。

「それほど、わたしは頼りないのか。信じるに足らない人間か」

「ユリウス、そんなことはだれも思っていないわ。すべて、あなたのことを思っての行動であって……。だってあなたは、臣下の忠義心を疑うことじたいが罪だと、つねづね口にしていたじゃないの」

「たしかにわたしはそう言っていた。けれど、わたしは国王だ。不正が事実ならば厳正に対処する。衝撃は受けるだろうが、一時のことだ。本当にわたしのことを思うなら、最初からすべて打ち明けてもらいたかった……！」

心情を吐露したユリウスに、マテリーナが顔色をなくす。重苦しい沈黙が落ちた。

「陛下」

モーゼスがそっと歩み寄ってきた。空になっていたカップに、ティーポットから少し冷めたお茶を注いでくれる。蜂蜜入りの小瓶が添えられた。甘いお茶でも飲んで落ち着いてくれと願われているようだった。老侍従に対して腹は立っていない。彼は命じられれば従うしかない立場だ。

執務室の扉が廊下側から叩かれた。モーゼスが応対すると、マテリーナの護衛兵が顔を見せる。カールが来ていると告げられ、ユリウスはよりいっそう気持ちが重くなった。テルヴァについてまた聞かれるのだろう。

しかし予想は外れた。ユリウスが入室を許すと、大きく開かれた扉からはカールだけでなくパオラも姿を見せた。パオラは夏らしい爽やかな薄い青色のドレスを着ている。温室でのお茶会に招待し、カールも交えて歓談したのは十日以上も前だ。そのあとテルヴァの不正疑惑を聞き、カールからもう一度パオラが会いたがっていると聞いていたが、なかなか機会が作れずにいた。

テルヴァの不正が確定したいま、パオラとはもう親しくできないと思っていたところだ。

「突然、申し訳ありません、陛下」

パオラは正式な礼をし、微笑んだ。その笑顔は強張っているように見えた。温室で会ったときよりも下手な作り笑いだった。声も若干震えているように聞こえる。

「なかなかお帰りにならないので、ここまで来てしまいました」

悪気のない顔でカールがそう言い、パオラをエスコートしてきた。

「執務中でしたら待つつもりでしたが、ちょうど夕食中だとお聞きして。マテリーナも同席しているようでしたのでお邪魔しました」

カールのその様子に、パオラとその父親を心配する空気は感じられなかった。もしかしてカールは、今日の午後にテルヴァが自宅謹慎を命じられたことを知らないのだろうか。騎士団にいたのなら小耳に挟んでいてもおかしくないのだが。

そもそもパオラが出歩いているのはおかしい。テルヴァハルティラ邸の周囲は国軍一個小隊が囲んでいるはずだ。どうやって抜け出してきたのか。

王宮の行政区の奥まで入りこめてしまったのは仕方がない。テルヴァの謹慎は公になっていないので、警備兵すべてに話は行き渡っていないのだろう。

「パオラ嬢、わたしになにか御用ですか」

ユリウスは立ち上がり、できるだけ鷹揚《おうよう》な態度で対峙した。パオラは手袋をはめた両手で小さな手提げ鞄《かばん》をぎゅっと握りしめる。ドレスと揃いの生地で作られた手提げ鞄はてのひらに載るほどの大きさで、中には口紅くらいしか入らないようなものだ。

「陛下とお話がしたくてまいりました。あの、わたくしにもお茶をいただけるかしら」

パオラは老侍従に聞いた。モーゼスがユリウスの意向をうかがうように目を向ける。ユリウスはとりあえず話を聞こうと、頷いた。カールが椅子を引き、パオラを座らせる。ユリウスの隣だった。

「カール、ひとつ聞きたい」

「なんでしょう?」

パオラの隣に座りかけ、カールが顔を上げる。屈託のない表情だ。

「今日の午後、どこでなにをしていた？」

「王宮の学習室で座学を受けておりました。今日は数学の教師が来る日でしたので」

カールは貴族の子弟が通う学校を卒業したあと騎士を目指して鍛錬中だが、王子としての勉学もまだ履修中だった。決められた日に各分野の教師がカールのもとへ通ってくる。今日はその日だったらしい。王宮の奥にいたので、テルヴァの件を知らないのだ。そのため急にパオラが訪ねてきても、その意図を推しはかることができず、ここまで連れてきたのだろう。

「お茶が冷めております。淹れなおしてまいりましょう」

「いえ、それで構いません」

モーゼスがティーポットを手に執務室を出ようとしたら、パオラが制した。彼はおそらくいったん外に出て、この状況をだれかに――もしかしたらアルマンドに――伝えようとしたのかもしれない。

パオラがきっぱりとそれでいいと言ってしまったので、老侍従は仕方なくお茶をカップに注ぎ入れ、パオラとカールの前に置いた。パオラはやや俯いて黙りこむ。ここまで来たのはいいが、なにをどう話すか考えがまとまっていなかったのか。

マテリーナは静観の構えだ。カールはパオラをちらちらと見ながら冷めたお茶を飲んでいる。

時間がかかりそうだなと、ユリウスは立ち上がった。全員の視線がユリウスに集まる。

「失礼。隣室の文官たちに、執務再開が遅れると伝えてきます」

ついでにテルヴァハルティラ邸がいまどうなっているのか、文官に様子をうかがいに行ってもらうつもりだった。ユリウスはテーブルを回りこみ、隣室への扉を開け、近くにいた文官に声をかけようとした。そのとき。

「あなた、なにを持っているの？」

背後でマテリーナの鋭い声が飛んだ。振り返ったユリウスは、パオラが小さな手提げ鞄の中からなにかを出そうとしているのを見た。

パオラは真っ青になって震えている。マテリーナが席を立ち、テーブルを回りこむ。パオラの手から強引にその手提げ鞄を奪った。中から出てきたのは、親指ほどの大きさの陶器製の瓶――。

ユリウスは嘆きのため息をついた。カールはいったいなにが起こったのかわらっておらず、パオラとマテリーナを交互に眺めるだけだ。

「パオラ、これはなに？」

紅を塗った小さな唇が、ぐっと引き結ばれる。目尻には涙が滲んでいた。

「中身は？」

少女は答えない。俯いたまま動かない。瓶の中身がなにか、知っているからだ。

「……これを、陛下のカップに入れてくるようにと、父親に指示されたのかしら？」

えっ、と声を上げたのはカール。パオラは答えない。ただ、ぎゅっと目を閉じた。青白い頬に、一筋の涙が伝っていく。

隣室でバタバタと足音がした。扉を開けたままだったので、こちらでのやり取りがすべて聞こえているはずだ。何人かが外へ知らせるために走り出したのだろう。下手にこちらに関わることなく自分たちで判断して動いてくれたのは、ありがたい。

「マテリーナ、その瓶をこちらに」

ユリウスが伸ばした手に、マテリーナが小瓶を渡してくれた。木の栓がされている。この場で不用意に開封しない方がいいだろう。このまま王宮の医師に中身の分析を依頼するのが得策だ。その分析結果が出るまでパオラの罪は問えない。それに彼女はまだ十四歳の少女だ。

とりあえず自宅に戻すしかないだろう。ユリウスはまた隣室に戻り、文官に声をかけようとした。

「陛下、大変です！」

外に出ていた文官が血相を変えて戻ってきた。これほどまでに取り乱したのを見たことがなく、ユリウスだけでなく、ほかの文官たちも驚いている。

「どうした？」

「テルヴァ大臣の私兵らしき武装集団が王宮の正面から押し入り、警備兵と衝突。混戦状態になっております！」

悲鳴のような報告に、ユリウスは愕然と立ち尽くした。

◇

王宮の正面玄関に武装集団が突入し、戦闘が起こっている――。

その一報を受けてすぐ、アルマンドは使い慣れた剣を腰に佩き、マックスとともに迎賓館の客室を飛び出した。廊下の向かい側の部屋にいた武官十五名を連れ、王宮へと急行する。

テルヴァの不正が確定的になり自宅謹慎が命じられたと聞いたとき、アルマンドはテルヴァハルティラ邸の近くに臣下を潜ませた。すでにユリウスの命で国軍の兵士一個小隊が屋敷周辺を囲み、監視していたと報告を受け、その素早さに「なかなかやるな」とユリウスを見直した。

アルマンドはさらに王宮の周辺に臣下を潜ませた。テルヴァが、まさか愚かにも自棄《やけ》になって蜂起することなどないだろうが、いざというときにいち早く対応するために。

ところがテルヴァは予想よりも愚かだった。テルヴァハルティラ邸にはすでに私兵が集められていたようだ、と報告を受けた直後、王宮正面玄関をテルヴァの私兵らしき一団が襲ったと知らされた。

すでに日が暮れて夜の帳《とばり》が下りている時刻だったが、迎賓館の廊下には等間隔にランプがともされ、昼間のように明るい。アルマンドは前を走る臣下に「どうしてもっと早く察知できなかった？」と尋ねた。

「テルヴァハルティラ邸は国軍に囲まれていて、使用人はおろか私兵が勝手に出てくることはできない状態でした。道を隔てた隣の屋敷の裏あたりがにわかに騒がしくなったことにわれわれは気づき、様子を窺ってみたところ私兵らしき一団が移動しようとしていたというわけです」

ではテルヴァはおのれの私兵を自邸だけではなく、隣邸にも隠していたのか。それとも秘密の地下通路でもつくってあったのか。そのあたりのことは、あとで判明するだろう。いまはまずユリウスの安全だ。

アルマンドは頭の中に王宮内の見取り図を広げた。どこまでテルヴァの私兵が入りこんでいるだろうか。時間的にユリウスは執務を終えて居住区に戻っているころだ。温室の外側には、アフティオ王国の剣士五名とモーゼスが手配した兵士が警備している。こちらの騒ぎを察知しているだろうか。モーゼスと連携がとれれば、ユリウスを確実に守ることができるのだが。

迎賓館から王宮に入り、正面玄関にたどり着く。煌々《こうこう》と明かりがともされた玄関ホールは、すでに戦場と化していた。

警備兵と私兵が入り乱れて斬り合いになっている。服装のちがいで、どちらがどうなのか一目でわかった。警備兵は鈍《にび》色の上下に朱色の革鎧姿で、生成りの上下に胸当てしか身につけていないのが私兵だろう。私兵は軽装だが、それが動きやすさになっているようだ。警備兵が押されている。私兵はそれなりに場数を踏んでいる者が揃っているのか、躊躇なく剣を振るった。しかし警備兵は率先して斬りにいくことができず、防戦に回ってしまっている。

「これではここが突破されるのは時間の問題だ」

「まずいですね」

マックスが顔をしかめ、「どうしますか」と判断を仰いでくる。

テルヴァの目的はユリウスの暗殺だろう。これだけ派手に王宮の正面玄関を襲っているのは、陽動作戦の可能性が高い。かといって、このままでは私兵に行政区が占拠されてしまう。見て見ぬふりはできない。アルマンドは即決した。

「ここに剣士を全員置いていこう。おい、おまえたち、ここで一暴れしろ。アフティオ王国の剣士の実力を見せつけるいい機会だぞ！」

　はっ、と十五人が敬礼する。ここ数年、剣の腕を振るう場所がなかったせいか、全員が目をギラつかせて好戦的な表情になっている。

「行け！」

「おおーっ」

　剣を抜き雄叫《おたけ》びを上げながら混戦の中へ突撃していった男たちを横目に、アルマンドはマックスだけを連れて居住区へと急いだ。増改築をくり返したという王宮の居住区は複雑な構造になっているが、何度も出入りするうちにアルマンドはかなり頭に入れることができていた。どの廊下を通ればいいか考えながら、最短距離を目指しつつも、私兵が入りこんでいた場合に裏をかける道を選ぶ。

　温室が見える場所まで来たアルマンドは急停止した。開け放たれた窓から、ユリウスが見える。その前には剣を構えたカールと、クルトとレオの双子の剣士がいた。別の窓からはマテリーナと薄い青色のドレスを着た少女が見える。彼らの周囲には、私兵らしき屈強な男が五、六人いた。

　やはりここまで入りこんでいた。この私兵たちは森を通ってきたのかもしれない。アルマンドの臣下と警備兵は、この私兵の侵入を防げなかったのか。

　双子の剣士以外の者たちが心配ではあったが、温室の中を制圧するのが最優先だ。背後のマックスに目だけで合図し、アルマンドは姿勢を低く保ちながら近づいていった。

◇

「陛下、ここは危険です。王宮の居住区へ移動された方がよろしいかと」

文官にそう言われて耳を澄ませば、かすかに大勢の人たちが喚《わめ》いているのが聞こえてくる。王宮の正面玄関でテルヴァの私兵と警備兵が衝突しているのは本当のようだ。

まさかこんな事態になるとは、ユリウスはまるで現実味を感じられず呆然とした。

「陛下、急いでください」

「しかし、おまえたちは？」

自分だけ逃げて文官たちを置いていくなんて。いつもユリウスの補佐をしてくれている老練の文官は、ふっと笑った。

「大丈夫です。極秘資料を厳重に保管してから、私どもも避難します。腕に覚えがありませんので」

宥めるようにそう言われ、ユリウスは頷くしかなかった。

「さあ、陛下」

文官たちに再度促され、ユリウスはカールとパオラ、マテリーナとモーゼスの全員で執務室を出た。マテリーナの護衛三人が囲んでくれる。

行政区は慌ただしく緊迫した空気に満ちていたが、居住区に入るとなにごともなかったかのようにいつもの落ち着いた雰囲気だった。侍従たちは行政区で起こっていることに気づいておらず、廊下で行き交うとユリウスに「お帰りなさいませ」と頭を下げる。

「モーゼス、万が一にもこちらまでテルヴァの手勢が入りこまないとも限らない。侍従たちに事情を話しておけ。緊急時の対応は想定されているのか？」

「想定はされておりますが、この数十年は活用されたことがございませんでした。しかし、なんとかいたします。陛下はくれぐれもご自身の安全を最優先されてください」

　モーゼスは深々と頭を下げ、マテリーナの護衛に「陛下をお頼みします」と念を押して廊下を足早に去って行った。

　ユリウスはとりあえず全員を温室へ連れていくことにした。その奥は王族の居室になる。親戚であるマテリーナはともかく、パオラを立ち入らせてよいものかどうか、ユリウスは迷ったのだ。パオラはカールに手を繋がれ、青い顔をしたまま黙っている。陶器の小瓶はユリウスが預かったままになっていた。

　温室に入ると灯《あか》りがともっておらず、まだ窓が開け放たれたままだった。通りすがりの侍従に頼み、四方のランプをつけてもらう。すると庭園に面した扉から、アルマンドの臣下である双子の剣士が駆けこんできた。飛びこむ勢いで姿を現した二人に、ユリウスは驚いた。二人は抜刀していたのだ。刃には血がついている。パオラが短く悲鳴を上げた。

「ユリウス陛下、ここは危険です。すぐに自室へ入り、厳重に施錠してください。それか、王宮から抜け出すための秘密の地下道でもありますか」

　双子の片方が厳しい表情で挨拶もなく詰め寄ってくる。もう片方は庭園の暗闇をしきりに気にしていた。まさか森の方からもテルヴァの私兵が攻めてきているのか。もしそうなら、温室は無防備すぎる。パオラの処遇を迷っている場合ではなかった。

「カール、みんなを居室に――」

ユリウスが弟に命じようとしたときだった。開けたままだった窓から武装した男が顔を覗かせた。

「おお、こんなところに美人さんが何人もいるじゃないか。もしかして、あの金髪は国王陛下か？」

「あの人相は聞いていた国王と合うな。俺たちは運がいい」

いくつかの顔が窓に並び、冷たい笑みをユリウスに向けてきた。獲物を見つけた獣のようだ。背筋がゾッとする凄《すご》みのある表情に、ユリウスははじめて命を狙われていることを実感した。

「貴様ら！」

双子がサッと素早く動いて、一人はユリウスの前に立ちはだかり、もう一人は窓から侵入した男たちに剣を振り下ろした。男たちはすぐに応戦する。素人であるユリウスの目から見ても、アルマンドの剣士の方が技量は上だった。しかし、男たちは五人もいた。一人では男たちになかなか致命傷を与えることができない。もう一人も参戦するためにユリウスから離れた。

するとユリウスの横にいたカールがパオラの手を離し、腰の剣を抜いた。ユリウスを守るように前に立つ。しかし実践の経験がないカールの手は震えていた。カールのそんな様子を見て、パオラが絶望的な顔になる。ふらりと倒れそうになったパオラをマテリーナが抱きとめ、温室の隅の方へと静かに下がった。

ガキン、と嫌な感じの金属音とともに、双子の片方の剣が折れた。チッと舌打ちして男たちと距離をとる。もう片方も下がった。男たちのうち一人が脇腹から出血して座りこみ、一人は頬に切り傷をつくっていたが戦意は喪失していないのか笑いながら立っている。残りの三人は無傷だ。

双子はユリウスの前に立ちはだかってくれたが、カールが頼りにならないことを考えると数で負けている。男たちは余裕の態度だ。そうとう場数を踏んでいるのかもしれない。

「あんたたち、ケガしたくないだろ。まだやるのか？　俺たちは強いぜ。そこのきれいな国王を俺たちに渡してくれたら、逃げる時間を与えてやる」

男の一人が双子に交渉を持ちかけた。

「ユリウス陛下を渡すわけがない」

「他国の王を命がけで守るのか？　そのきれいな国王のどこに、それだけの価値がある？」

「俺たちは我が国の王に、ユリウス陛下を守るよう命じられている。交渉の余地などない」

双子の言葉に、ユリウスはハッとした。二人はアルマンドに命じられて森の警備をしていたにちがいない。なにかがあったときには、ユリウスを守るようにと言われていたのだ。

「そうか。ならばおまえらを叩き殺してから国王も殺そう。それが俺たちの仕事だ」

じり、と男たちが間合いを詰めてくる。双子の背中にぐっと力が入ったのがわかる。

「ひとつ、聞きたい」

ユリウスが声をかけると、男たちの視線が集中した。人殺しをなんとも思っていない、荒《すさ》んだ色の瞳に、再度ゾッとする。けれど気圧《けお》されていてはいけない。

「おまえたちは金で雇われた傭兵《ようへい》か？」

「そうだが、それがどうした」

「雇い主はだれだ」

わかっているが、この男たちの口から名を聞きたかった。ユリウスの問いに、男たちが苦笑いする。

「そんなこと教えられるわけがないだろ」

「おまえたちはいまからわたしを殺すのだろう。ならば教えても差し障りはない」

「それはそうだが……」

「そもそも、雇い主との契約書に、国王であるわたしに名を明かしてはならないという文言はあったか？　引き受けた仕事内容に関して他言してはならないという一文はあっただろうが、標的であるわたしに話してはならないとは書いてなかったはずだ」

とんでもない屁理屈《へりくつ》だ。だがユリウスは引かなかった。男たちは顔を見合わせ、呆れた空気を漂わせる。

「あんた、面白いな。きれいなだけのお飾りの国王かと思ったが、なかなか気が強くていい」

「へ、陛下に向かって、なんて不敬な！　さきほどからあれこれと！」

カールが目を剝《む》いて怒ったので、ユリウスは慌てて腕を引っ張った。いまさらこんなことで激高してどうする。空気を読めと言いたい。世間知らずのユリウスにそう思われていると気づかないほど、カールは頭に血が上っているようだ。

質問に答えていいものかどうか男たちが「どうする」と顔を見合わせたときだった。

「陛下、私の雇った私兵が失礼しました」

場にそぐわない、のんびりとした声音が聞こえてきた。温室の庭側の扉から、茶褐色の巻毛の柔和な容貌をした男が静かに入ってくる。内務大臣テルヴァだった。その背後には、護衛なのか二人の屈強な男が付き従っている。

自宅謹慎を命じ、屋敷周辺を国軍兵士に監視させているはずなのに、なぜこんなところにいるのか。

ユリウスが愕然としていると、「お父さま！」とパオラが悲痛な呼びかけをする。テルヴァはちらりとパオラを見遣り、口元に笑みを浮かべた。

「陛下がこのようにお元気に立ち歩いているところを見ると、我が娘は失敗したのでしょうな」

「これのことか」

ユリウスが懐から小瓶を出すと、テルヴァの笑みが深くなる。

「これの中身がなんなのか、おまえは知っているのか」

「知っております」

「毒薬か」

「はて」

「おまえがパオラにこれを持たせ、私に一服盛るよう命じたのだな？」

「そうだと答えたら、陛下は私をどうなさるおつもりですか」

テルヴァがまっすぐにユリウスを見つめてくる。罪悪感など微塵もなさそうな目だった。ユリウスはこの男への失望を隠せない。テルヴァの態度は、国王に仕える者のそれではなかった。

彼はいつ、忠誠心をなくしたのだろうか。八年前、不正に手を染めはじめたときだろうか。それとも、もっと前か、後か。

まったく勘づけなかった自分に、ユリウスはもっと失望していた。

「テルヴァ、どうしてこんなことをした。わたし一人を暗殺するならまだしも、これほどの規模で兵を起こしてはただではすまないぞ。いまここでわたしが倒れても、国軍兵士と近衛騎士の総数に勝るほどの私兵は持っていないだろう。すぐに制圧される。そのくらいのこと、おまえならわかっていただろう。なぜこんなことをしたのだ。答えろ」

彼にとってはいまさらの問いかもしれないが、ユリウスははっきりさせたかった。

「……夢を見てしまったのです」

テルヴァは茫洋《ぼうよう》とした声音で返してきた。

「私は貴族とは名ばかりの貧しい子供時代を過ごしました。愚鈍な父のせいで、一家は酷い生活を強いられていたのです。私はその貧しさから抜け出したい一心で勉学に励み、おかげでよい成績で学院を卒業することができました。先王は身分や財産に関係なく優秀な若者を重用してくださり、私は内務省で実力をいかんなく発揮することができました。すべて先王のおかげです。心から感謝しております」

「だったらなぜ、国を裏切る真似をしたのだ」

「陛下、人間の欲望には際限がないのです。ご存じなかったようですが」

テルヴァが皮肉っぽく片頬を歪める。

「私は真面目に働きましたよ。それはもう、高みを目指して。いつか大臣の地位を手に入れると、臣民としての最高の地位を手に入れると、ひそかに決意しておりましたから。努力の甲斐あって、大臣の座を手に入れました。貧しい子供時代からは信じられないほどの報酬と、王都内に大きな屋敷も手に入れました。妻子に贅沢をさせられる喜びにひたることもできました。けれど欲望は限りなくわいて出て、私の心を蝕《むしば》みました。大臣になることができて満足するはずだったのに、もっともっとと求めるものが私の中にあったのです」

悲しそうに語るテルヴァを、ユリウスはなんとも言えない思いで見つめた。

ユリウス自身は、なにもかもが満たされた子供時代を過ごしている。王太子として祖父に要求される能力は果てしなく、その重責に押し潰されそうなときもあったが、慰撫《いぶ》して励ましてくれたのも祖父であり、子供らしい息抜きを提供してくれたのはカールやマテリーナだった。

子供のテルヴァを支えてくれる人はいなかったのだろうか。成長過程で刷りこまれた飢餓感を克服できず、テルヴァはこの歳になってもずっと抱えてきたのだろう。その結果が不正だった。

「この国は長く続いた平和のせいで弛《ゆる》みきっています。金の横流しなど容易い。文官たちは通り一遍の監査しかしません。八年間も、気づかれませんでした」

「そうして不当な手段で手に入れた富は喜びだったのか」

「……喜びは一時的なものでしたね。私はさらなる高みを目指したがる自分を抑えることができませんでした。娘のパオラがカール殿下と親しくしていると知り、もしかしたら王族と姻戚になれるかもしれないと歓喜しました」

テルヴァが温室の隅に立ち尽くしているパオラを見遣る。パオラは震えながら泣いていた。

「娘を手塩にかけて育てた甲斐があったと、誇らしい気持ちになりました。先王が身罷《みまか》られ、カール殿下は王弟となられた。そこで私は見てはならない夢を見たのです。陛下が後継ぎを残さないまま亡くなられたら、カール殿下が次の国王だと」

ユリウスの横で剣を構えるカールが、苦しそうに低く呻いた。テルヴァが企てたユリウス暗殺のきっかけが、自分の存在だと知らされたからだろう。

「いま、陛下を亡きものにすれば、カール殿下が新国王になる。ほかに直系の王族はいない。そうすれば私の娘が王妃になるかもしれない。パオラが子を産めば、その子は次代の国王だ……。私は国王の祖父になる。薪が買えずに寒さに震えていた子供時代の辛さが思い出されました。あの貧乏貴族の子が、ついに国王の祖父になるのです！　これほどの高みがあるでしょうか！」

いつも柔和な表情を浮かべていたテルヴァの顔が、怖いほどに醜い、支配欲に取り憑《つ》かれた男の顔になっていた。

一度だけ、ユリウスはテルヴァが感情的になったところを見た。アフティオ王国の王がいきなりやってくると聞いたとき、酷く罵ったのだ。穏やかで人当たりのいいテルヴァも激高するときがあるのだなと、あのときユリウスは珍しいものを見たくらいに思っただけだった。

けれど、もしかしたらテルヴァはもともと感情の起伏が激しく、思いこみの強い性格なのかもしれない。それを押し殺して、徹底的に隠し、穏やかな人物像をつくり上げていたとしたら、今日のこの事態も驚嘆するほどのことではない。

「この国は豊かで平和です。それゆえに警戒心や猜疑《さいぎ》心というものを失ってひさしい。昨年、私は屋敷の改装工事を申請しました。書類を形式的に審査しただけで、担当の文官たちは実際の工事現場を一度も確認しませんでした。私が秘密裏に地下道を掘り、これまた秘密裏に手に入れた隣の屋敷の敷地内と繋げたことなど気づきもしませんでした。陛下、臣下を信じたいあなたのお気持ちは大変に尊いものですが、私のような者が現れるとやりたい放題されますよ。それがよくおわかりになったのではないですか？」

秘密の地下道がつくられていたとは――。テルヴァハルティラ邸を一個小隊で監視させていたはずだったのになぜ、という疑問があっさり解明された。

「そうだな。いい勉強になった」

物わかりのいい生徒に対するように、テルヴァがにっこりと微笑みながら頷く。

降伏してくれるのか、と希望がわいたが、そうではなかった。

「では陛下、お覚悟を」

テルヴァはあっさりとそう言い、自分の背後にいた二人に顎で合図を送る。双子の剣士と対峙していた四人にその二人が加わり、さらに劣勢になった。

「ここでわたしを殺しても、おまえは将来の国王の祖父にはなれないぞ！」

「そうですね。カール殿下にも私の醜い性根が知られてしまいましたから、もうパオラとの結婚はかなわないでしょう。ならば全員殺してしまえばいい。私自身がつぎの国王になります」

愕然とした。あまりに突拍子もない宣言に、ユリウスは自分の耳がおかしくなったのかと疑った。

「おまえ、なにを言っている？」

「陛下は侵入者の刃に倒れ、息を引き取る寸前、駆けつけた私に『この国を頼む』と遺言されるのです。その際、国の安定のためならば王族の末端に属する者を玉座に就けるよりも、国政に長けた内務大臣がよりふさわしいと言い残したと、私は民に広く知らしめましょう」

「おまえの私兵が王宮を襲ったではないか！」

「奴らは本当に私の私兵ですか？　私を陥れようとした人物の企《たくら》みではなく？」

　図々しくもテルヴァは知らぬ存ぜぬをとおすつもりなのだ。この場にいるユリウスたちを全員殺して口を封じてしまえば、もしかしたらテルヴァの言い分が受け入れられてしまうかもしれない。しかも混乱に乗じて、あらたな王朝を立てることが――できるのか？

（この男なら、やってしまうかもしれない）

　反対する重臣たちを片端から暗殺することくらい、テルヴァは実行してしまいそうだ。そうすれば、テルヴァに同意する者しか残らないだろう。

　ユリウスは全身に冷や汗が滲むのを感じた。即位してまだ二カ月。国王としてなにもしていないに等しい。こんなところで殺されるために、物心ついたころからコツコツと学んできたわけではなかった。もっと国のために民のために国政を執り行いたかった。祖父はずいぶんと善政を敷いたが、改善箇所はあったはずだ。人口の増減や気候の変動によって、その年その年の対応は変えなければいけないものだし。

　ユリウスの脳裏に、やり残したことが一気によみがえってくる。あれもこれも手をつけていない。対応を協議中のものもある。アフティオ王国との交流とて、はじまったばかりだ。

（ああ、アルマンド！）

今夜ここで死ぬことがわかっていたら、もっとアルマンドに会っておけばよかった。もっと話をしておけばよかった。避けることなどせず、もっと積極的に触れておけばよかった。ひとことでいいから、想いを伝えておけばよかった。怒濤《どとう》のように後悔が押し寄せてくる。

死にたくないと、ユリウスは切実に思った。こんなところで死にたくない。まだ死ねない。なにも成していないのに、まだやり残したことがいくつもあるのに、死ぬわけにはいかない。

なんとしてでも生き延びなければ――。

ユリウスは双子の背中に隠れながら、退路を探った。温室を出ることができれば、私兵たちから逃げきれる可能性が高くなる。王宮の居住区はさすがのテルヴァもよく知らないだろう。奥まで立ち入ったことはないはずだ。見取り図も極秘扱いで侍従長が保管している。内務大臣でも手に入れることは難しい。

ここで生まれ育ったユリウスとカールしか知らない隠し通路や秘密の部屋が、いくつかあった。そこまで行くことができれば時間が稼げる。そうすれば、国軍だけでなく精鋭揃いの近衛騎士団が駆けつけてくるだろう。マキネンも私兵を連れてきてくれるかもしれない。

アルマンドは――本音では助けにきてほしいが、来ないでほしいとも思う。

彼はこの国の人ではない。アフティオ王国の国王で、隣国にとっては大切な人だ。きっと剣の腕は素晴らしいものを持っているだろうが、もし迎賓館でこちらの騒ぎを聞きつけても来ないでほしい。危険だから、ケガでもさせてしまったら大変だ。

「さーて、おきれいな国王様、覚悟してもらおうか」

男たちがじりじりと距離を詰めてくる。双子の剣士に庇《かば》われながら、ユリウスは一歩下がった。いつの間にか壁際に追い詰められている。

「兄上……」

カールが寄り添ってきた。縋るようにカールの服を掴む。

剣を構える男たちの腕にぐっと力が入ったのがわかった。その次の瞬間。

「ぐわっ」

いままさに双子に斬りかかろうとしていた男の額に、短刀が深々と刺さった。目を剥いたまま男がどうと倒れる。その横にいた男の胸にも短刀が刺さった。呻きながら胸を押さえた男が、慌てて自分の胸に生えた短刀を抜く。

「おい、抜くな！」

べつの男が止めたが遅かった。抜いた傷口から鮮血が噴き出し、倒れこんでしまう。ユリウスたちを囲んでいた六人の私兵はあっという間に四人になった。

「だれだ！　どこから投げてる！」

「外だ！」

仲間を倒されて逆上したのか、四人のうち二人が温室の外に飛び出した。すぐにキンと金属音が聞こえてくる。剣と剣が打ちあう音だ。温室から漏れ出るランプの光で、だれかが暗闇から出て行き戦っているのが見えた。すぐに決着したらしい。扉から入ってきたのは、出て行った私兵たちではなく、アルマンドとその側近であるマックスだった。

　アルマンドは真っ先にユリウスを確認した。険しい目が安堵で緩んだのがわかった。

「ユリウス、無事でしたか」

「は、はい」

　ユリウスのために迎賓館から駆けつけてくれたのだ。うれしさと、面倒をかけてしまった申し訳なさが同時に胸にわきおこる。

「さて、形勢逆転だ。どうする？」

　アルマンドは剣を構えたまま、二人残った私兵とテルヴァに歩み寄った。男たちにはじめて焦りの色が見えた。ひとつ息をつき、アルマンドが剣を下げた。双子の剣士とマックスに、腕を振って合図をする。音もなく三人が前に出た。自分の剣を折られていた双子の一人は、倒れた私兵の手から借りている。まるであらかじめ手順が決まっていたかのように、三人が舞うように剣を繰り出した。私兵二人はなんとか一撃目はかわしたが、二撃目は無理だった。

「ぐうぅ」

　致命傷となる一突きをくらい、二人とも呻き声とともに温室の床に倒れて動かなくなる。

　テルヴァは守る者が一人もいなくなり、愕然とした表情で棒立ちになった。マックスと双子の剣士がテルヴァを取り囲むと、よろよろと床にへたりこむ。

「お父さまぁ」

　パオラがマテリーナの背後から飛び出し、テルヴァに縋りついた。少女の肩を、テルヴァが力なく抱き寄せる。父親の胸に顔を伏せたパオラは、しくしくと泣き出した。まだ十四歳の少女に薬物を渡し、国王の茶器に混入させてこいと命じた父親であっても、娘にとっては唯一無二の存在なのだ。

なんともやり切れない気持ちで親子を見つめていると、アルマンドが歩み寄ってきた。

「ユリウス、ケガはありませんか」

「私は大丈夫です。あなたこそ、ケガはありませんか。助けていただいて、ありがとうございます」

「間に合って、よかった」

アルマンドがしみじみとして口調でそう呟きながら、乱れた前髪をかき上げる。日が落ちて時間がたっているからいまはそれほど気温が高くないのに、アルマンドの額には汗が滲んでいる。

ユリウスは間近に立つアルマンドの圧倒的な存在感と頼もしさに、胸がきゅうっとなった。

(生きて、ふたたびこの人に会うことができて、よかった……うれしい)

アルマンドの剣の腕と、その勇気、そしてユリウスを助けようとしてくれた正義感に、体が震えるほどの喜びがわき上がっていた。

「これはいったい……どうなさったのですか」

老侍従モーゼスが戻ってきて声を上げた。温室の惨状に絶句している。ふらりと倒れそうになったモービスだが、その後ろについてきていたマルジがとっさに支えた。モーゼスは頭を一振りし、「失礼しました、陛下」と背筋を正して立つ。

「ここまで大臣の私兵が侵入してきたということですね。陛下、おケガはありませんか」

「わたしは大丈夫だ。アルマンド陛下が駆けつけてくれて助けてくれた」

モーゼスはアルマンドの前に膝をつくと深々と頭を下げる。「ありがとうございます」と謝意を告げた声は掠れていた。

「正面玄関の方はどうなっているか、知っているか？」

ユリウスの問いに、モーゼスは滑舌よく答えた。

「国軍兵士と近衛騎士が到着し、現在、沈静化に向かっております。襲撃の首謀者はテルヴァ大臣と見られており、行方を捜しているところでした。まさか、こちらにいらしたとは」

モーゼスはマルジに命じて、国軍兵士を数名連れてくるようにと彼を走らせた。ほどなくして温室にやってきた兵士にテルヴァは捕らえられ、温室を連れ出される。行き先は、罪人を収容する牢屋《ろうや》だ。もう自宅へは戻れないだろう。

泣き腫らした顔でぐったりしているパオラは、マテリーナが自宅へ送っていくことになった。もちろんパオラも国王を害そうとした罪に問われるが、まだ少女であることからとりあえず司法当局から呼び出しがあるまで自宅で待機するようにとユリウスが決めて言い渡した。

「パオラ……」

マテリーナに連れられていくパオラを、カールが悲しそうに見送る。項垂《うなだ》れた彼女は、一度もこちらを振り向かなかった。カールはしばし躊躇っていたが、追いかけていった。ユリウスはそんな弟を止めなかった。

モーゼスが侍従たちに、温室内に倒れている私兵たちを運び出すように指示を出した。

「陛下、森の中に負傷者がいます」

自分が呼びかけられたと思って振り向いたユリウスだが、双子の剣士とアルマンド、マックスが話していた。どうやら双子を含めて五人のアフティオ王国の剣士が、モーゼスが手配した兵とともに森と温室の庭を警備していたらしい。そこにテルヴァの私兵がやってきて、交戦状態になったという。

「ではおまえたちはすぐに救護へ向かえ。モーゼス、侍従を何人か借りられないか」

アルマンドの頼みにモーゼスがすぐ応じ、マックスと双子の剣士、そして数人の侍従がランプを片手に森の中へと入っていった。

「陛下、お疲れでしょう。ここはわたくしたちに任せて、どうぞお部屋へお戻りください」

モーゼスにそう言われたが、ユリウスは迷った。事後処理のために、おそらくこれから夜を徹して片付けと関係者の調査が行われるだろう。自分だけが休んでいいのだろうか。

「ユリウス、ここは侍従長の言うとおり、いったん休もう。顔色がよくない」

アルマンドにそう指摘され、ユリウスはてのひらで自分の頬を擦《こす》ってみた。たしかに疲れている。

「わかった。わたしは部屋で休むことにしよう。モーゼス、これをおまえに預けておく」

「ああ、これは……」

ユリウスが差し出した小瓶を、モーゼスが顔をしかめながら受け取った。

「医師に渡して、中身を確かめておいてほしい」

「かしこまりました」

小瓶をしっかりと握りしめたモーゼスが、この場を去ろうとするユリウスに「侍従をだれかつけます」と言い、周囲を見渡す。適当な侍従を探し出す前に、アルマンドがそれを制した。

「俺がユリウスにつきそうから不要だ」

「アルマンド陛下が？」

驚いているモーゼスに背を向け、アルマンドはユリウスの背中を押した。

「さあ、行こう」

「え、でも、あなたはあなたですることがあるのでは――」

「マックスに任せた。俺はユリウスに話がある。俺に時間をくれ」

懇願口調で言われてしまっては、拒みきれない。ユリウスはアルマンドをともなって居住区の奥へと移動した。ユリウスの居室は三間あり、居間と書斎と寝室からなっている。寝室の奥には衣装部屋と浴室があった。

「ここです」

扉を開けて、アルマンドを促す。廊下から入ってすぐは居間だ。寛《くつろ》ぐためのソファやテーブルが置かれている。侍従の手で、すでにいくつかの燭台の蠟燭に火がともされていた。

「お茶は……侍従に頼んでも時間がかかるかもしれませんね。とりあえず、座りますか」

よく考えたら、ここに家族以外の者を通したことはない。どうもてなせばいいのかとユリウスが困惑していると、両肩がずしんと重くなった。アルマンドが手を置いたのだ。腕の長さのぶんだけ距離を空け、アルマンドと見つめあう。

「パオラに毒を盛られそうになったというのは本当か」

話とはそのことか。ユリウスは距離の近さに緊張しながら、「本当です」と頷いた。

「あの女」

　チッと舌打ちし、アルマンドが床を睨みつける。

「ぶっ殺してやればよかった」

　丁寧な言葉使いを捨て去ったのか、アルマンドがぶっきらぼうな口調で悪態をつく。けれどそれが彼には似合っていて、ユリウスは不敬だとは思わなかった。

「でもあの、わたしは無事でしたから、あまり物騒な言い方は」

「どこが物騒だ。やられたらやり返すのは当然だろう。テルヴァの野郎、最後には手段を選ばなくなったってことか。今後に生かさなきゃならんな」

　途中から小さな呟きになり、よく聞こえなかった。

「あの、わたしの安全に気を配っていてくださったと、マテリーナから聞きました。ありがとうございます。アルマンドのおかげで、わたしはいまこうして無事です。どれほど感謝してもし足りないほどです」

「いや、まあ、俺がやりたくてやったことだ。勝手にあちこち臣下を潜ませていたことに関しては、こっちが謝らなきゃならん。俺はとにかく、ユリウスには生きていてほしかったから」

「ありがとうございます」

　はあ、とため息をつき、アルマンドがまたユリウスをじっと見つめてきた。

「すまない、さっきからユリウスに対して口のきき方がなっていないな……。さすがの俺も肝が冷えた。クルトとレオの腕は信用していたが――双子の剣士のことだ、奴らの剣技はそうとうのものだとわかっていても、温室で私兵に囲まれているユリウスたちを見つけたとき、我を忘れそうになった。頭が真っ白になって、闇雲に飛び出してしまいそうになったんだ。そんな俺に気づいて、マックスが押さえてくれなかったら、どうなっていたか……」

「アルマンド」

「なんとか冷静になれたから短刀が命中したようなものだ。心が乱れていては、ああいうものは当たらない」

「あれを投げたのはアルマンドだったのですか。素晴らしい腕です。窓の外から気づかれないように投げるなんて、なんてすごいことでしょう。あれこそ神業と呼ぶのではないですか」

　感激したユリウスが「すごい」と褒めまくると、アルマンドが照れくさそうに横を向いた。

「俺は短刀投げには自信があるんだ。なぜだか弓は苦手だが。いやでも、苦手といっても、命中率はそこそこなんだぞ。並みの兵士くらいには当たる。短刀ほどではないというだけで」

「さすがアルマンドです。なんでもできるのですね」

　短刀どころか弓など持ったことすらないユリウスからしたら、アルマンドは超人だ。もともと武に恵まれた体で生まれたのだろうが、さらに鍛練を重ねて技を磨いてきた結果なのだろう。腕っぷしが強いだけでなく、アルマンドは国王として臣下に慕われ、尊敬されているのだ。マックスや双子の剣士の様子を見ていればわかる。

　まさにユリウスが理想とする姿がここにあった。アルマンドのようになりたいと思う。けれど自分にないものをうらやむのは愚か者のすることだ。すこしでも理想に近づけるよう、努力をすることが大切だと、ユリウスは祖父から教育を受けた。

「あなたに教えを請いたいくらいです」

「短刀投げか？」

「いえ、そうではなく、あなたには強靭《きょうじん》な精神力があります。なにごとにもぶれない逞しさが、わたしには眩しく感じます」

「ユリウス、俺の話をちゃんと聞いていたのか？　あなたに危険が迫っているのを見て、頭が真っ白になったと言っただろう。俺は強くなんかない。強いのはユリウスの方だ」

　ユリウスのなにを指して強いと評してくれたのかわからないが、アルマンドにそう言われてうれしくないはずがない。ユリウスの胸はもう熱いもので張り裂けそうだ。感情が高ぶってきてしまい、瞳がじわりと濡れてくるのがわかる。

「本当に、あなたは……素晴らしい人です」

　好きだと言ってしまいたい。けれど言えない。言っても困らせるだけだ。

　こんな騒動が起こってしまい、周辺国にはすぐに知れ渡るだろう。ヴェステルルンド王国は祖父の代のあいだ、もう何十年も政治的な大事件や目立った汚職などなかったのだ。おそらく驚きをもって、他国に伝わる。

　アフティオ王国はすぐにでもアルマンドに帰国してほしいと言ってくるにちがいない。交易については引きつづき交渉が続くだろうが、王室同士の交流は小休止といったところだろう。大切な身であるアルマンドを巻きこんでしまった詫びを、国としてどうするか考えなければならない。

つぎにアルマンドと会えるのは、いつだろうか。もしかしたら、二度と会えないかもしれない。

こんなにも好きなのに。

「ユリウス？」

アルマンドの指が、ユリウスの頬を擦った。いつの間にか、涙があふれて頬を伝っていた。

「すみません、なんだか、気持ちが高ぶってしまって……。気にしないでください」

慌ててアルマンドから離れようとしたが、彼の腕はユリウスの肩を掴んだままだ。

「抱きしめていいか？」

「え？」

「嫌だって言われてもするけどな」

あ、と声がこぼれた。大きな体が被さるように迫ってきて、逞しい腕に囲まれた。全身を拘束されるように、きゅっと抱きしめられる。アルマンドの肩口あたりにユリウスの顔が押しつけられるかたちになった。鼻腔《びこう》いっぱいに、アルマンドの匂いが流れこんでくる。湖に行ったときの帰りに、この人に背負われた。あのときに陶然とした体臭とおなじだった。無防備に吸いこんでしまったユリウスは、頭がくらくらした。

「ああ、ユリウス……」

アルマンドがユリウスの首に顔を埋《うず》めている。黒褐色の癖毛がユリウスの頬をくすぐり、変な声が出てしまいそうだった。

「本当に、無事でよかった。俺は神など信じちゃいないが、今日ほどユリウスの無事を祈ったことはないし、生きていることに感謝したことはない。ユリウス、よかった、よかった」

何度も「よかった」とくりかえすアルマンドの真心が伝わってくる。それほど心配してくれていたのだと、アルマンドの優しさに胸を打たれた。

「今日のことで、俺は思い知った。あなたを失ったら、俺はたぶん、生きていけない」

「アルマンド？」

ずいぶん大袈裟《おおげさ》な言い回しだ。いくらなんでも、と戸惑っていると、アルマンドがゆっくりと顔を上げ、鼻先が触れあうほどの至近距離で目を合わせてきた。彼の榛色の瞳は濡れていた。怖いほどに真剣なまなざしだった。

「ユリウス、あなたが好きだ」

「え……」

「愛している。俺にはあなたしかいない」

突然の愛の言葉に、ユリウスは呆然とした。まったく予期していなかった告白に、なにが起こったのか理解できない。目を丸くしたまま硬直しているユリウスに、アルマンドが苦笑する。

「大丈夫だ、あんたを強引にどうこうしようなどとは思っていない。ただ、俺の気持ちを伝えておきたかった」

するりと腕をほどいて離れていくアルマンドの袖を、ユリウスはとっさに摑んだ。

「本当ですか」

「なにが」

「わたしのことを、その、好きだと……」

「ここでそんな嘘をついて、俺にどんな得があると言うんだ」

チッと舌打ちし、アルマンドが顔を背ける。大きな手で癖毛をかき上げ、眉間に皺を寄せた。

「……やっぱり言うんじゃなかった。いろいろありすぎて冷静になれていないな。これでも一国の王だってのに、他国の王に惚れたなんて弱みを握られたも同然だ。ああもうっ」

ぐっと噛みしめられた唇が痛そうで、ユリウスはそろりと手を伸ばした。唇に触れる寸前、アルマンドに手首を掴まれる。ギロリと間近で睨まれたが、不思議なほど怖くなかった。

「俺に触るな。どうやら俺は自覚している以上に気が立っている」

「アルマンドはわたしに弱みを握られたことになるのですか」

「そうだろう。いまなら不平等条約を突きつけられても、俺は署名するしかない。俺はあんたの機嫌をとりたいし、嫌われたくないと思っている。できれば今後も行き来して会いたい。署名しなければ二度と会わないなんて言われたら、俺は自分の奴隷契約書にだって署名してしまうぞ」

あまりにもアルマンドが悲壮な顔をしているものだから、ユリウスはおかしくなってしまった。

「あんたには笑えるほどおかしな話なんだろうな。俺は、最悪だっ」

ああっ、と叫びながらアルマンドがその場にしゃがみこんだ。両手で頭を抱えこみ丸くなっている広い背中を、ユリウスはじっと見下ろす。

この男が愛しい。この人は嘘を言っていないと信じられる。だって、この姿――ぜんぜん格好よくない。感情のままに、滑稽《こっけい》とも思える言動をしている。

一方的だと思っていた恋情が、そうではなかったと知れて、ユリウスは瞳が潤んできた。

アルマンドの前に、ユリウスもゆっくりとしゃがみこむ。怖々といった感じで顔を上げたアルマンドに、ユリウスは微笑みかけた。

「最悪などではありません」

「……あんたにとっては、そうだろうな」

「弱みでもありませんよ。わたしはあなたに不平等条約など提示しませんし、奴隷契約書もつくりません。そもそも我が国は、二百年も前に奴隷制を廃止しています。アフティオ王国にも奴隷などいないでしょう？」

「俺は例えとして挙げただけだ」

拗ねたように口を尖《とが》らせ、アルマンドがまた俯く。

「わたしの方こそ、あなたともう二度と会えないと言われたら、きっと生きていけません」

そう、生きていけない。それほどまでに、アルマンドはユリウスの大切な存在になった。なってしまった。言葉にしてみて、ユリウスはそれが自分の中で揺るぎない事実だとわかった。

剣を向けられ命の危機に直面して、もっと会っておけばよかった、もっと話をしたかった、避けなければよかったと後悔した。国王としてやり残したこともたくさんあるのにと嘆いた。

人はいつ死ぬかわからないのだ。ユリウスは自分がまだ十八歳で、老衰で亡くなった祖父のように生きるとしたら、この先の人生は六十年近くあると考えていた。けれど人の寿命など、だれにもわからない。祖父はたまたま大病をせず、暗殺されることもなく長生きしただけだ。ユリウスもそうだとはかぎらないのだ。

後悔するような人生は歩みたくなかった。いつ死ぬかわからないのなら、一日一日を大切に、噛みしめるように、正直に生きていきたい。愛する人と、できるだけともにいたい――。

「アルマンド、わたしもあなたが好きです」

告白とともに、想いが涙となってあふれた。

「あなたを、愛しています」

未婚の国王、後継ぎがいない国王として、本来なら抱いてはいけない想いだろう。せめて胸の奥底にしまいこんで、出さずにいるのが正しい国王の姿だったかもしれない。

けれど愛をさらけ出してくれたアルマンドに、ユリウスもおなじ想いでいることを告げたかった。

アルマンドが瞬きを忘れてしまったかのように目を見開いて硬直している。

広いユリウスの部屋の隅で、国王二人は絨毯《じゅうたん》の上にしゃがみこみ、向かいあっていた。

「……ユリウス……」

やがてアルマンドの手がおずおずと伸ばされてくる。静かに流れるユリウスの涙を、アルマンドの指が拭った。さっきとは、どこかがちがう触れ方だった。

「本当に？」

二人きりなのに、アルマンドは囁くような小声で確かめてくる。

「ここでそんな嘘をついて、わたしにどんな得があると言うのですか」

アルマンドの言葉をそっくりそのまま返すと、彼は泣き笑いのような表情をした。

「不平等条約とか、奴隷契約書だとか？」

「あなたの愛が得られるのなら、わたしはどんな書類にでも署名します。歴史に名を残すほどの、最悪の王になるでしょう」

「あんたは最高の王だ。生まれながらの、正真正銘の国王なんだから。跪いて仕えるのは、俺だ」

両手で顔を掴まれ、ユリウスは絨毯に膝をついた。アルマンドの顔が近づいてきて目を閉じる。涙で濡れていた唇に、柔らかなものが触れて、すぐに離れた。目を開けると、これまで経験したことがないほどの距離に、アルマンドの顔があった。

触れただけの唇が、じんじんと熱を持ちはじめている。顔に血が上ってきた。

「はじめての、くちづけです」

「それは光栄だ」

アルマンドがそれはそれはうれしそうな笑顔になる。あなたは何度目か、と聞きたくなったが、賢明なユリウスは尋ねなかった。けれど顔に出ていたのか、アルマンドはそれを察したらしい。

「俺はもう何人目で何度目のくちづけなのか、わからん。特定の相手をつくらずに、気ままな生活を送っていたからな。だが、今後俺がくちづけるのはユリウスだけだと誓おう」

真摯な目でそう誓ってくれるアルマンドに、ユリウスは頷いた。ユリウスと同様に後継ぎのいない国王であるアルマンドにとって、たとえそれが不可能なことだとしても、いまこの場でそう思ってくれているのは本心だと信じられた。

ユリウスは決めた。すべての「はじめて」を、この人に捧げたいと。

「アルマンド、あの——」

一大決心を口にしようとしたとき、アルマンドが扉を振り返った。その直後に、コツコツと廊下側から叩かれる。応じようとしたアルマンドを押しとどめ、ユリウスが立っていき、扉を開けた。モーゼスだった。老侍従はユリウスの背後にちらりと目を向け、目礼した。

「アルマンド陛下はまだこちらでしたか」

「重要な話を、していた。温室の方はどうなった？」

「すべて片付けました。マキネン大臣がおいでになりましたので、行政区の後始末も滞りなく進んでおります。負傷者は救護院へ運ばれ手当てを受けております。死亡者は軍の施設にいったん運ばれました」

「そうか、ご苦労だった」

「まだお休みになられないようでしたら、お飲みものでもお持ちしましょうか」

「いや、いらない。今夜はもう侍従たちも適当なところで切り上げて休むように。わたしたちのことは気にしなくていい」

モーゼスが戸惑ったようにユリウスとアルマンドを交互に見てくる。侍従長としては、自国の王族以外の人間が国王の部屋にいることに違和感を抱くのだろう。

けれどユリウスは、今夜もうアルマンドを迎賓館に返すつもりはなかった。

「モーゼス……、その、察してくれるとありがたい」

老侍従にだけ聞こえる声量で囁いた。モーゼスは一瞬だけ愕然とした空気をかもしだしたが、すぐにそれを引っこめた。「かしこまりました」と小声で答える。

「では、わたくしはこれで失礼いたします。おやすみなさいませ」

　深々と頭を下げてから、モーゼスは音もなく扉を閉めた。

　ユリウスは深呼吸してからアルマンドを振り返った。一歩一歩、ゆっくりと歩み寄り、彼の手を取る。筋肉質の腕は、持ち主が上げてくれないとユリウスの非力さでは持ち上がらないくらいだ。剣ダコができている手に、ユリウスはくちづけた。

「ユリウス……」

　積極的に触れたユリウスに、アルマンドが驚きの目を向けてくる。潔くその視線を受け止め、ユリウスは心臓が口から飛び出そうなほど緊張しながら願いを言葉にした。

「もっと、あなたを知りたい。愛しています。アルマンドが嫌でなければ、今夜――わたしを、あなたのものにしてくださいますか？」

　どうか拒まないで。どうか願いをかなえて。

　息を飲んだアルマンドを、ユリウスは縋るように見つめた。

「ユリウス……嫌なわけがないだろう。だが、いいのか？　そんなことを言われて、俺は遠慮などしないぞ。あんたをめちゃくちゃにするかもしれない」

「してください。わたしを、アルマンドの好きなようにしてください。わたしはもう身も心もあなたのものです」

「馬鹿だな」

アルマンドが苦笑して、ユリウスの頬を撫でた。髪をかき上げられ、耳朶《じだ》を摘まれる。耳から痺れるような感覚が広がり、あやうく声が出てしまうところだった。

「あんたのすべてはあんたのものだ。俺が、ユリウスのものになる」

「アルマンド……」

「俺はあんたにになら、喜んで膝をつこう」

アルマンドはユリウスの目を見つめたまま床に膝をつき、手の甲に恭しくくちづけを落とした。

「なんでもします」

そういったのは嘘ではない。けれど重ねた唇のあいだからアルマンドの舌が侵入してきて、あまりにもいやらしく動くからユリウスは涙目になっていた。口の中を舐め回され、どうしていいかわからなくて硬直している舌を無理やり絡めさせられる。溜まっていく二人ぶんの唾液に溺れそうになり、飲みこんだ。

「ん、んんっ」

一瞬たりとも唇を解放してくれない。口腔がこんなにも感じる場所だと知らなかったユリウスは、アルマンドの舌に翻弄された。怖くて逃れようにも、ユリウスは寝台に押し倒され、上からアルマンドに覆い被されている。柔らかな布団に埋もれたまま、一枚一枚、アルマンドに服を剝がされていった。

「ああ、ユリウス……。きれいだ」

寝台横の引き出しに置かれた燭台で、蠟燭の炎がふわふわと揺れている。一糸まとわぬ姿にされたユリウスは、やっと解放された口で新鮮な空気を吸った。アルマンドは上体を起こし、ユリウスを見下ろしながら服を脱いでいく。

裸体を人目に晒すことに、ユリウスは羞恥を感じるような育てられ方をしていない。入浴の介助も着替えも、侍従によってなされる。けれどくちづけだけで高ぶっている性器を見られるのは恥ずかしかった。両手で隠そうとしたら、アルマンドに「見せてくれ」と両手を摑まれてしまう。

「あんたはこんなところまできれいなんだな。まるで花の蕾《つぼみ》のようだ」

その表現が本当に褒め言葉なのか、ユリウスにはわからない。自分以外の男の性器を、見たことがなかったからだ。アルマンドは上半身を露わにしただけで、まだズボンは脱いでいない。ユリウスも早く好きな人の大切な場所を見てみたかった。

けれどそんなことを求めていいのかどうかもわからない。この場にそぐわない言動をして、アルマンドの気持ちを萎えさせたくなかった。

「あんたのすべてに触れたい。すべてにくちづけたい。いいか？」

「す、すべて？」

「なんでもすると言ってくれただろう？　だったら、俺の好きなようにさせてくれ」

はい、とユリウスは頷いた。すべて、という不穏な表現におののきながらも了承した。

男女の交わりで子ができることは、もちろん学習している。ユリウスは王太子の時期に医師の診察を受け、男性としての生殖能力があることを確認されていた。つまり、勃起して射精に至る一連の行為を自分でできるように手解《てほど》きを受け、医師の前でやってみせたのだ。

男の体は定期的に体液を出す必要があると説かれ、それ以降、ユリウスはごく稀《まれ》にだが、自慰をしていた。そのとき、それなりに快感があることも知っている。

男同士での性交は教えられていないが、なんとなく想像できた。男性器を触りあうのだろうと思っていた。だから舌を絡める濃厚なくちづけに驚いたし、そのあとアルマンドに全身を舐められてくちづけられて吸われて弄《いじ》られて、ユリウスは驚愕の連続だった。

「あ、あああっ、やあっ」

胸を吸われながら性器を擦られ、背筋がびくびくと震える。甘えたような声が止まらない。変な声が出るのが嫌で、ユリウスは両手で自分の口を覆った。それでも声が漏れてしまう。ぐっと歯を食いしばっていたら、苦しくて涙が出た。

「ユリウス、声を我慢しなくていい。俺に聞かせてくれ」

アルマンドの艶をおびた低音で囁かれ、ユリウスはおそるおそる手を下げる。

「聞きたい、の？」

「ああ、聞きたい。あんたが感じている証拠だからな」

それならと、ユリウスは我慢せずに自然に声を出すことにした。

「ああっ」

体のあちらこちらが、どんどん敏感になっていく。アルマンドにひとつずつ扉を開けられていくような感覚だった。いつもの自慰をはるかにしのぐ快感なのに、まだ一度も射精に至っていない。

　アルマンドが最後の一押しをしてくれないのだ。もう出したいと頼んでも、辛くて涙が滲んできても、アルマンドは許してくれなかった。

「もう、もうつらいです……」

「あんたの泣き顔はそそるな」

　アルマンドは色っぽい笑みでユリウスの涙を吸いとる。大腿のあたりに灼《や》けるように熱いものがぐいっと押しつけられ、ユリウスはハッと目を向けた。アルマンドの立派な屹立《きつりつ》が、そこにあった。

　ユリウスは思わず二度見してしまった。あまりにも自分のものと形容がちがっている。体格に見合った大きさと太さで、赤黒く染まっていた。はち切れそうに丸く腫れている先端からは、だらだらと滴がこぼれている。

（すごい。これがアルマンドの……。触れてみたい）

　アルマンドの男の部分が、どれほど固くて、どれほどの熱を持ち、どれほど力強く脈打っているか、知りたかった。

「どうした、ユリウス。ずいぶん物欲しそうな目で俺のものを見ているじゃないか」

「……あの、とても、はしたないことだと思うのですが」

「なんだ？」

「触れてみても、いいでしょうか」

　勇気を出して言ってみたのに、アルマンドはくくくと笑った。楽しそうに笑いながらユリウスの頬に何度もくちづけてくる。

「はしたないってことはないさ。俺なんか、さっきからずっとあんたを好きなように触っているだろう。ユリウスも触りたかったら好きなように触っていい。ほら」

アルマンドはユリウスの手を掴み、股間へと導いてくれた。それは見た目どおりにとても逞しくて熱くて、ユリウスが触れるといっそう反り返った。

「わあ、すごい。大きいです」

「そうか」

アルマンドが笑って、またユリウスにくちづけてくる。好きなようにしていいと言ってもらえたので、勇気がわいた。恥ずかしがって機会を逃してはならない。これが、最初で最後の触れあいになるかもしれないのだから。

ユリウスはいま自分がしてもらっていたように、それを掴んでゆるゆると上下に扱《しご》いてみた。アルマンドの熱い吐息が首にかかる。

「ああ、夢のようだ。すごくいい。あんたの手で擦られていると思うと、もういきそうだ」

「気持ちいい？」

「たまらなくいい」

うれしくなって、ユリウスもアルマンドにくちづけた。おたがいの性器を擦りあい、性感を高めあう。ユリウスは頑張った。アルマンドを気持ちよくさせたかった。

「あ、あ、あ、ああっ」

「くっ、ユリウス……！」

二人はほぼ同時に一度目の絶頂を迎えた。アルマンドの体液がユリウスの手からあふれる。ユリウスもまた、快感の証を迸《ほとばし》らせた。他人の手によって導かれたはじめての快感に痺れて、ユリウスはしばらく動けなくなる。

ぼんやりと仰臥《ぎょうが》しているユリウスに、アルマンドがくちづけてきた。様子をうかがうような軽いくちづけが、しだいに熱をおびて濃厚なものになっていく。ユリウスは覚えたばかりの舌の動きを返しつつ、口腔でひどく感じてうっとりと目を閉じた。

「ユリウス、もっと隅々までくちづけたいと言ったら、嫌か？」

掠れた声でねだるように言われ、ユリウスは目を開けた。これで終わりではないのだ。

ユリウスの性器はアルマンドの手の中で萎えていたが、くちづけながらゆるゆると弄られて芯を持ったままだ。アルマンドのものは萎えもせず、ユリウスの大腿にまた押しつけられている。

かなりあちらこちらにくちづけられたと思うが、アルマンドがまだ満たされていないのなら、続けてもらって構わない。

「どうぞ。わたしのすべてはあなたのものです」

「いいのか、ユリウス」

「あなたの望みは、わたしの望みでもあります」

そうか、と頷いたアルマンドは、ユリウスにうつ伏せになるよう促してきた。寝台に膝をついて尻だけを突き出すような体勢をとらされ、羞恥心が膨れあがる。

「きれいだ」

尻を褒められても、ユリウスはどう反応していいか困った。ちゅちゅとアルマンドが尻にくちづける。尻の谷間をアルマンドの手が広げたのを感じ、固めたはずの覚悟がぐらついた。でも逃げてはいけないと自分を叱咤して、ユリウスは敷布を握りしめる。

ぬるりと生温かいものが谷間をなぞった。ぴちゃりと濡れた音がして、まさか——と愕然とする。

アルマンドはユリウスの尻の奥を舐めていた。

「なに、なにを、アルマンド……！」

「ユリウス、動かないでくれ」

「でも、そんなところを」

「ここで繋がりたい」

尻の窄《すぼ》まりをくにくにと指先らしきもので揉まれ、ユリウスは呆然とした。男同士の性交をなんとなく想像はしていたが、そこを使って男女のように体を繋げるとは思ってもいなかった。

驚いているうちに、窄まりを舌で執拗《しつよう》に舐められ指で弄られ、なんだか妙な気分になってくる。むずむずしたものを感じていると、指がぐいっと侵入してきた。息を飲んで全身を強張らせたユリウスを宥めようとしてか、アルマンドのもう片方の手が背中を大きく撫でる。

「ユリウス、力を抜け」

言われたとおりになんとか力まないように努めた。アルマンドの指は唾液のぬめりを借りて、ユリウスの内側を探るように動く。体の中を弄られる違和感に、ユリウスは耐えた。

不意に指が、粘膜のどこかに触れた。同時に尻がびくりと震えて、ユリウスは思わず「あっ」と声を上げていた。おなじ場所をなんども指が押したり擦ったりする。そのたびに、ユリウスの尻は勝手にびくびくと反応した。

「あ、なに？　あ、ああっ」

なにが起こったのかわからない。いきなり尻の中が気持ちよくなった。違和感がどこかに消えてしまい、指で弄られることが快感となってユリウスを惑乱させる。

「あっ、やだ、あんっ、あっ」

声がまた止まらなくなった。指とともに舌が入ってきて、唾液が足される。ぬるぬると動き回る指に、ユリウスは背中をうねらせて悶《もだ》えた。やがて指は二本に増やされ、三本になった。

「ああ、あああっ、あう、ううっ」

アルマンドのもう片方の手が、ユリウスの性器をまさぐる。粘膜への刺激で、萎えていたそこは復活していた。一日に二回以上の自慰などしたことがなかったので、もう勃起しないと思っていたユリウスは驚いた。アルマンドに握られてはじめて、そこが高ぶっていることを知った。

「ユリウス、気持ちよくなってくれて、うれしい」

背中にくちづけしながらアルマンドが囁いてくる。尻で感じるなんておかしいのではと怖くなっていたユリウスは、その言葉で安堵した。

「ここに入りたい。いいか？」

アルマンドのあの大きなものが、はたしてそんなところに入るのかどうか疑問だったが、ユリウスに否やはない。たとえ引き裂かれる激痛に苛《さいな》まれようとも、愛する人と体を繋ぐ幸せを選択したかった。

ユリウスが頷くと、アルマンドの指がずるりと窄まりから出て行く。さんざん弄られていたそこは、いつの間にか異物をくわえこむことに慣らされていたようだ。なにもなくなって寂しいと思う。

「ユリウス、力むなよ。ゆっくり息をしろ」

従順にアルマンドの言葉を聞き入れ、そこに熱くて固いものがあてがわれたときも息を詰めないように集中した。

それはとても大きくて、指三本よりも太く、長かった。開かれる痛みに呼吸を忘れそうになるほどだったが、気を失いたくない一心でユリウスは頑張った。アルマンドのすべてを、鮮明に覚えていたかったからだ。

ときどきアルマンドの呻きが聞こえた。ユリウスを気遣い、時間をかけてゆっくりと挿入していたアルマンドは、たぶんとても大変だったのだ。根元までなんとか挿入を果たしたとき、アルマンドはユリウスの背中に胸を重ねてきた。金色の髪をかきわけ、汗ばんだ項《うなじ》にくちづけをしてくれる。

「ユリウス、愛している……」

はい、と声にならない声でユリウスは答えた。お腹《なか》がいっぱいで、声が出なかった。

アルマンドはあまり抜き差しすることなく、まず尻を揺するようにしてユリウスの粘膜をこねまわし、馴染《なじ》んできたところをみはからって、腰を引いた。すぐにぐぐっと奥まで押しこまれる。

「あうぅっ」

指で弄られた場所を抉《えぐ》るように刺激された。全身から汗が吹き出し、鳥肌が立つような壮絶な快感に襲われる。

「うそ、なぜ……、ああっ、あん、んーっ」

尻にあんな凶器じみたものを入れられて痛いばかりだったのに、出し入れされたら悦楽が生まれた。

ユリウスが快感を得ているとわかったのか、アルマンドの動きがしだいに激しくなってきた。がくがくと全身を揺さぶられ、ユリウスは敷布に縋りつく。

「ああっ、いや、そんな、しないで、ああ、ああ、ああっ、ああーっ、あっ」

怖いほどの悦楽に、どっと涙があふれる。ぽたぽたと落ちて敷布にいくつもの染みを作った。嬌声《きょうせい》が止まらない口からは涎《よだれ》までしたたり、ユリウスは乱れに乱れた。

「ああ、ユリウス、かわいい、俺のユリウス、愛してる、おまえだけだ、俺はもう、おまえだけだ」

「もうだめ、いや、あーっ、あーっ、こわい、もうこわいから、アルマンド、助けて、ああっ」

「こんなに泣いて、かわいいな、ユリウス、ユリウス、愛している」

絶え間なくアルマンドの愛の言葉が贈られたが、ユリウスにはほとんど聞こえていなかった。

気がついたら向かいあわせに繋がっていて、ユリウスは両脚を大きく広げていた。挿入されたもので激しく揺さぶられながら、性器を扱かれる。容赦のない愛撫にもみくちゃにされながら、自覚がないままに何度も射精していた。

「ああ、ユリウス……！」

アルマンドが腰を震わせてユリウスの中に迸らせる。熱い濁流をかすかに感じながら、ユリウスはとうとう意識を手放した。

◇

遠い昔のしあわせな夢を見た。

ユリウスはまだ幼くて、父親が生きている。生まれたばかり赤子を抱いて微笑んでいるのは、カールの母親。赤子はカールだ。弟ができて、ユリウスはうれしかった。いっしょに遊びたいから、はやく大きくなってと眠る赤子に話しかけた。

こんな夢を見るのはひさしぶりだ。半分覚醒しながら、心地よいぬくもりに包まれて、ユリウスは微笑んだ。

「ユリウス、起きたか？」

甘い低音で呼びかけられ、ユリウスは頬を寄せているものにもっと体をくっつけた。離れたくないと思う。このままずっと縋りついていたい。

「甘えられるのはうれしいが、寝室の外で物音がしている。おまえの侍従が待ちくたびれているようだぞ」

とんとん、と優しく肩を叩かれ、面倒だなと思う。だれが安眠を妨害しているのか。ユリウスはのろのろと重いまぶたを上げた。直後に、目の前に愛する男の顔がありハッとする。一気に覚醒した。

「アルマンド……？」

「おはよう、ユリウス」

日に焼けた顔に優しい笑みが浮かび、ユリウスの胸に喜びが広がった。

そうだ、昨夜、ユリウスはアルマンドと結ばれたのだ。はじめての行為は驚きの連続だったが、なにも嫌なことはなく、すべてに愛を感じた。ユリウスはあたらしい自分をいくつも発見したし、アルマンドの知らない一面も垣間見ることができ、身も心も満ち足りた。

ユリウスはいつ自分が眠りに落ちたのか覚えていない。全裸でアルマンドと抱きあっていたはずなのに夜着を着ているのは、きっと侍従ではなくアルマンドが世話を焼いてくれたのだろう。

「昨夜のこと、覚えているか？」

「もちろんです」

「素晴らしかった。愛しているよ」

アルマンドがちゅっと唇にくちづけてくる。ユリウスも恥じらいながら、「わたしもです」とお返しにくちづける。

寝室の外で人の気配がしていた。カーテンの隙間から差しこんだ朝日の強さから、いつもの起床時間をすでに過ぎているようだ。侍従たちがユリウスの様子を窺いにきたのだろう。はじめての夜が明けたばかりなのだ、できればそっとしておいてほしいところだが、侍従たちからしたらそうもいかないにちがいない。

それに、きっと昨夜の騒動の後始末が待っている。

「体の具合はどうだ？」

問われて、ユリウスは起き上がろうとした。しかし全身の関節と筋肉がぎしぎしと軋むようで、思うように動けない。特に下半身に力が入らなかった。

「そのままでいろ。俺が話してくる」

アルマンドがサッと寝台を下りた。驚いたことに彼は全裸で、引き締まって適度に筋肉がついた見事な体を惜しげもなくさらす。寝台の周囲に脱ぎ捨ててあった自分の服を拾い、シャツとズボンを身につけた。

寝室の扉を少しだけ開けたアルマンドは、そこで応対した。聞こえてきた声は老侍従、モーゼスだ。

「陛下はご無事ですか」

「その言い方はないだろう。俺はべつにユリウスを壊そうとしたわけじゃない。細心の注意を払って閨事に挑みましたとも」

「今後のことは相談させていただくとして、わたくしとしては陛下の体調が心配です。陛下に会わせてください」

「いや、それは……まだ寝ているし」

「事後の処理はなさいましたか？」

「あー……、ザッとは拭いた。寝台の横の引き出しに手拭いがたくさん入っていたから使ったが、よかったんだよな？」

「使われてもかまいません。陛下のお体を、拭いただけですか？　中のものは出しましたか？」

「一応……」

　聞こえてくる会話の内容は、ユリウスにとっていたたまれないものだった。ユリウスのはじめての情事に対して、モーゼスが冷静でいるようなのだけが救いだろうか。

「浴室に湯浴みの用意をいたしますので、その前にこれを飲ませていただけますか。鎮痛剤です。水はコップに二杯は飲むように」

「言っておくが、ケガなんてさせてないからな。まあでも、飲ませるよ。コップが二個あるってことは、俺も水を飲んでいいのか？　喉が渇いている」

「どうぞ」

　モーゼスの手によって扉が大きく開かれた。他の侍従たちも入ってきて、カーテンを開けたり燃え尽きた蠟燭を回収したりする。アルマンドはトレイを寝台まで運んでくれた。水差しと薬包がのっている。

　それを飲むために起き上がろうとしたが一人ではできず、アルマンドに手伝ってもらった。水と薬を飲み終わったころに、浴室の準備ができたと声がかかる。どうやって移動しようかと思案していたら、アルマンドがユリウスをサッと抱き上げた。そのまま浴室まで運んでくれる。

　浴室にはモーゼスを含む四人の侍従が待ち構えていた。日常的に入浴を侍従に介助してもらっているのだが、夜着の隙間からちらりと自分の胸元を見ると赤い鬱血痕がいくつもついている。アルマンドがつけてくれたものだ。空気のような存在だと思っていた侍従に、今朝はこの体を見られたくないと思ってしまう。

「あとはわたくしたちにお任せください」

アルマンドはモーゼスに退室を促されている。ユリウスは思わず縋るような目を向けた。ここにいてほしい。アルマンドに入浴を手伝ってもらいたい。アルマンドにしかもう触れられたくない。

けれどその視線を遮断するように、モーゼスがユリウスの前に立った。

「陛下、自重してください」

小声ながら叱責する力を持った声に、ユリウスはえっと顔を上げた。

「歴史あるヴェステルルンド王国の国王ともあられるお方が、一夜の情けを向けた相手にいつまでも甘い顔を見せてはなりません」

ゆっくりと怒りがこみ上げてきた。一夜の情けとはなんだ。アルマンドはそんな相手ではない。

それとも、国王としての閨のしきたりがなにかあったのだろうか。ユリウスは聞いていない。その方面についてはなにも学んできていなかった。昨夜はとにかくアルマンドと一夜をともにすることしか頭になかった。察してほしい、とモーゼスに頼んだとき、この老侍従はなにも言わずに引き下がったから、問題はないと思いこんでいた。

「わたしはなにか間違えたのか？」

「まずは湯浴みを」

「アルマンドは一夜だけの相手ではない」

「陛下、湯浴みを」

頑固にくりかえすモーゼスの気迫に押され、ユリウスは仕方なく侍従たちに身を委ねた。アルマンドは浴室から追い出されてしまう。湯の中で体が解れたのか、浴室からは出るときは自力で歩けるほどまで回復していた。寝室から出たユリウスはアルマンドの姿を探したが、べつの侍従から「迎賓館にお戻りになられました」と知らされた。

　昨日の今日だ、アフティオ王国の剣士たちも参戦してくれたため、国王としてアルマンドもやらなければならないことがあるだろう。そうだとしても、言葉を交したかった。気持ちを確認して、つぎに会う約束をしたかった。

　侍従たちが朝食の用意をしてくれたが、侍従に追い出されるようにして迎賓館に戻ったアルマンドが怒っていないか気になって、味などわからない。そうこうしているうちに、国王付き文官から出仕を急かす伝言が届き、ユリウスは身支度を整えると慌てて執務室へ行った。

　予想どおり、昨夜の騒動の事後処理が、山のように待っていた。

　あちらこちらから報告が届き、それに目を通す。負傷者と死亡者の一覧と医療費と慰労金の見積り、王宮玄関の破損状態と修復費用の見積り、テルヴァと私兵の処遇、金の横流しに加担した者たちの処遇まで、同時にいくつもの案件について考えなければならず、何十人もの文官に会って話をし、さすがのユリウスも混乱しそうになった。

　ろくに休憩時間がとれないほどの忙しさで、あっという間に一日が過ぎていく。頭の片隅にはずっとアルマンドがいた。気になってたまらないが、会う時間はなかった。せめて手紙を届けてほしいと思ったが、執務中は書く暇がない。夜、自室に戻ってから書こうにも疲れ切っていて、夕食と湯浴みを済ませると倒れこむようにして眠ってしまう。

あの夜から二日、三日とたっていき、体に刻みこまれていたアルマンドの感触が薄れていく寂しさに涙が滲みそうになったときもあった。

なんとか短い手紙が書けたのは五日後だった。眠い目を擦りながら綴った愛の言葉を封筒に入れ、蠟で封をする。それをモーゼスに渡した。あの朝から、モーゼスは片時もユリウスから離れなくなっていた。

「これをアルマンドに届けてほしい」

「どういった内容のお手紙でしょうか」

いままでならなにも言わずに請け負ってくれていたのに、モーゼスは受け取らなかった。

「アルマンド陛下に別れを告げるお手紙ならば、わたくしが責任を持って迎賓館までお運びします。そうでないのなら、お受けできません」

ユリウスは絶句した。居間の隅に控えているマルジを見たら、申し訳なさそうに視線を逸らされる。侍従長であるモーゼスの考えは、侍従すべてに行き渡っているのかもしれない。

「おまえは、どうしてわたしからアルマンドを遠ざけようとするのだ」

「男だからです」

はっきりと言い切ったモーゼスに、ユリウスは瞠目した。

「一時のお戯れなら構いません。陛下は重責を担っておいでです。あのような大事件も起こり、さぞかしご心痛がおありでしょう。ですから心の慰めを求めてアルマンド陛下に一夜の伽を命じられたのなら仕方がないことと割り切りました。しかし、そうでなく愛情がともなう交わりならば侍従長としてお止めしなければなりません。陛下は女性と婚姻し、お子をもうける義務がおありです」

　正論に打ちのめされそうになったが、ユリウスはなんとか反論した。

「たしかに、わたしは国王だ。現在、直系男子はわたしとカールだけで、まだ子供がいない。しかし、王族はわたしたち兄弟だけではない。直系男子にこだわっていたのは先王だけだ。それに直系といっても三代前からで、歴史上、王族とは名ばかりの末端の者が、その優秀さをかわれて玉座に就いたこともあるし、女性が戴冠したこともある。そのくらいのこと、モーゼスも知っているだろう。わたしに子がいなくとも、王族の中で優秀な子供を引き取り、育ててみるのもいいと考えている」

「なんですと？　まだ陛下はお若い。いまからそんなことをお考えにならなくとも――」

「モーゼス、わたしはアルマンドを愛している。アルマンドもわたしに愛を告げてくれた」

「あの夜は、お二方とも冷静ではなかったのだと思います」

「ちがう、ちがうんだ。どうしてわかってくれない？」

　たった一夜の交わりだった。けれどアルマンドは全身で深い愛情を訴え、言葉もたくさん贈ってくれ、思いの丈を注いでくれた。あれが一夜の戯れでないことくらい、経験のないユリウスにだってわかる。

「わたしはおまえに理解してほしい」

　ユリウスは国王だ。この国において国王の権力は絶大で、強権的にモーゼスに命じることはたやすい。けれどユリウスは、この老侍従長に理解してほしかった。モーゼスは身分としては臣下の一人にすぎないが、亡くなった父の代から仕えてくれている大切な人だった。

「おまえはアルマンドを信頼して共闘していたのではないのか」

「それとこれとは別です。隣国の王として立派な方だと思っています。しっかりとした考えをお持ちで、頼りになる方です。けれど陛下のお相手としてはふさわしくありません」

断固として手紙を受け取らないモーゼスにほとほと困り、ユリウスは諦めた。とりあえず、今夜はもう寝よう。ただでさえ疲労が蓄積しているのに、いまのやり取りでどっと倦怠感が増した。

「モーゼス、また話し合おう」

「おやすみなさいませ」

モーゼスは丁寧に頭を下げ、退室していった。

ユリウスは手紙を持ったまま寝台に入り、胸に抱いて眠りについた。愛する人の夢が見られますように、と祈りながら。

◇

アルマンドは苛立っていた。

あの夜から七日が過ぎている。ユリウスとはまったく会えずにいた。

アルマンドは毎日、ユリウスへご機嫌伺いの手紙を出していた。あれだけの騒動があったのだ、ユリウスが多忙を極めているのは想像がつく。押しかけるような無作法をせず、まずは手紙で「半刻でもいいので会いたい」「せめて一目、顔を見たい」と正直な気持ちをユリウスへ送った。

しかし、ユリウスからの返事はない。長文を書く時間などないだろうから、たった一言でも構わないのに、なにも返ってこないのだ。

もしかして手紙はユリウスに届いていないのだろうか。彼の周囲にはたくさんの人がいる。だれかによって廃棄されていたとしたら、ユリウスが心配だ。ユリウスがアルマンドを無視して意図的に返事を書かないでいることはないと信じたい。

はじめての夜が明けた朝、モーゼスをはじめ侍従たちにユリウスの部屋から追い出されたのは記憶にあたらしい。あれは絶対にユリウスの意志ではなかったと思う。彼は縋るような目でアルマンドを見ていた。

「ああもう！」

イライラと客室の中を歩き回るアルマンドに、哀れな負け犬を見るような目でマックスが宰相からの手紙を差し出した。中身など見なくともわかる。早く帰ってこいと書かれているのだ。

「こんな状態で帰れるわけがないだろう！」

「ですよね」

マックスが代わりに開封し、宰相の手紙を読んだ。やはり想定内のことしか書かれていなかったようだ。この手紙は七日前の騒動を知らないハラルドが書いているので意味がない。マックスがまとめた報告は、たぶん昨日あたり国に届いている。

　その報告文をアルマンドは見ていない。マックスのことだ、騒動の詳細だけでなく、アルマンドがユリウスと深い関係になったことも書き加えただろう。ハラルドはどう思うだろうか。帰ってこいと矢のような催促が来るかもしれない。

「陛下、どうなさるおつもりですか」

　マックスが神妙な口調で尋ねてくる。ユリウスと夜を過ごした翌朝は、上機嫌のアルマンドに呆れた目をしていたマックスだが、会えないでいる日が続く状況に思うところがあるのか、今後のことをいままで聞かないでいてくれたのだ。

「……まずはユリウスに会って、話がしたい。まだなにも決められない」

　まさか、ユリウスはなかったことにするつもりだろうか。一時の気の迷いだった、忘れてほしいと言われたら——想像するだけで、血の気が引く。

「ユリウス陛下が忙しいのは本当のようですよ。テルヴァ大臣は……いや、もう大臣ではないですね。テルヴァは処刑ではなく自死を認められたそうです。極刑に値する大罪を犯しましたが、さすがに現役の内務大臣を打ち首にすることは憚られたようで」

「まあ、そうだろうな」

「娘のパオラはユリウス陛下に毒を盛ろうとした罪に問われましたが未成年であることを考慮され、修道院に入ることが決定したと聞きました。おそらく一生、出ることは許されないでしょう」

　震えて泣いていた少女の姿が思い出される。あの娘にとって、一生を修道院で過ごすことと、死を賜ることのどちらが辛い刑だろうか。カールとの結婚はもうかなわない。贅沢な生活ももうない。大罪人の娘で、自身も罪人となり、祈りを捧げながら慎ましく生きていかなければならないのだ。

一途に想いあっていたというカールは、いまどうしているのだろう。アルマンドは哀れな王子のことを少し考える。

「陛下、マックス様っ」

忙しなく叩く音のあとにいきなり扉が開いて、双子の剣士の片割れクルトが部屋に駆けこんできた。

「どうした？」

またなにか事件かと、アルマンドとマックスは瞬時に気配を緊張させた。

「ご存じでしたか？　ユリウス陛下とマテリーナ様の婚約が内定したそうですが」

「「えっ？」」

アルマンドとマックスは同時に声を上げていた。おたがいの顔を見て、首を左右に振る。二人ともそんな話はまったく知らない。

「どこでその話を聞いた？　そんなこと、あるわけがないだろうっ」

怒鳴ったアルマンドの剣幕に、クルトが一歩後ずさる。マックスも顔色を悪くして、「婚約が内定だと？」とクルトに迫った。

「正式発表がされたのか？」

「いえ、それはまだだと思います。ですが、侍従たちが大騒ぎなんです。やっと結婚するのかと、それはもう盛り上がっていて」

話が王宮全体に広まっているということか。

アルマンドがユリウスに会えていないあいだに、とんでもないことが進行していた。アルマンドとの関係を憂慮したモーゼスが重臣たちと画策したのか、それともユリウス主導で進められたのか。

確かめなければならない。

「マックス、俺はユリウスに会いにいく。もうご都合伺いの手紙なんて出していられない」

「お供します」

二人は揃って迎賓館を出た。勝手にクルトがついてくる。途中でレオが合流した。

王宮に入り、国王の執務室へ向かう。日中のこの時間なら、ユリウスはそこで仕事をしているはずだ。

執務室の扉の前には、近衛騎士と思われる男が二人、立っていた。

「ユリウス陛下に会いにきた。通してくれ」

アルマンドが近衛騎士にそう言うと、「お約束をされていないのならば、通せません」と返された。

まあそうだろうな、とアルマンドはにやりと笑った。

「それでも俺は通りたいんだよ。おい、クルトとレオ、出番だぞ」

はっ、と双子は返事をしながら前に出てくる。二人とも剣は抜かなかった。近衛騎士と真正面から睨みあい、不意にがしっとばかりに抱きつく。両腕ごと胴体に抱きつかれた近衛騎士は驚愕したあと、じたばたともがきはじめたが双子の腕はなかなか解けない。その隙にマックスが扉を開けた。

「お仕事中、失礼しますよ」

遊びにきたような軽い口調で声をかけながら、ずかずかと中へ入っていく。マックスは廊下に残った。異変を察知して近衛騎士の応援が駆けつけたら対処するつもりだろう。

ユリウスは窓を背にした椅子に座り、執務机についていた。両脇に文官を立たせて書類を読んでいたユリウスが、唖然とした顔を上げる。

「アルマンド陛下、いきなりなんの御用でしょうか。陛下は執務中です」

モーゼスがアルマンドの前に立ちはだかった。なぜ侍従長が執務室にいるのかと疑問に思う。

「手紙を何度も送ったのに返事がないので、体調でも崩されているのかと心配になりまして」

「お気遣いありがとうございます。ですがここは他国の方が無断で足を踏み入れていい場所ではございません。ごらんのとおり陛下はとどこおりなく執務に励んでおいでです。お帰りください」

両脚を踏みしめて、モーゼスは一歩も動かないという姿勢になる。アルマンドはこの男が自分からの手紙を握りつぶしていたのだと察した。

「なるほど、おまえか」

ぎろりと睨みつけると、モーゼスが怯んだ表情になった。

「手紙？」

ユリウスが戸惑った声を発しながら立ち上がった。

「モーゼス、手紙とはなんのことだ？　アルマンドからわたしへ宛てた手紙が届いていたのか？」

「いえ、その、陛下……」

モーゼスがおろおろと視線を泳がせる。文官たちは何事かと顔を見合わせていた。

廊下側ではない扉が開き、そこから文官が数名、こちらの様子を窺ってくる。そこは国王付き文官の部屋なのだろう。

「わたしの手紙をアルマンドに届けることを拒んだだけでなく、アルマンドからの手紙をわたしに渡さなかったということか？」

ユリウスが怒りと悲しみが混在した顔でモーゼスを問い詰める。自分宛の手紙があったのかと、アルマンドは驚き、うれしく思った。

「すみません、アルマンド。わたしに手紙を書いてくれたのですね」

「あれから何通も書いた」

アルマンドはモーゼスを押しのけ、執務机の前に立った。ユリウスはすこし疲れているようだ。事件の処理に忙殺されていたのだろう。けれどそれでもじゅうぶんに美しく、キラキラとした目でアルマンドを見つめてくれる。愛らしい微笑みを見ただけで、深い愛情が感じられた。

「私も書いたのです」

ユリウスは上着の胸元から封筒を出した。いつから胸元に入れていたのか、皺が寄っている。

「モーゼスが預かってくれなかったので文官のだれかに頼めないか、持ち歩いていました。そのせいでよれてしまっていますが……」

受け取り、即座に開封した。書いた本人の目の前で読む。飾り気のない愛の言葉と、会いたいという率直な気持ちが綴られていた。胸がいっぱいになる。

「ありがとう。素晴らしい手紙だ。俺の宝物にするよ」

　執務机を回りこみ、文官を押しのける。ユリウスを抱きよせて、額にくちづけをした。ポッと頬を赤らめたユリウスが幸せそうに笑う。文官たちは驚愕の表情だ。ユリウスとアルマンドが情を交す仲になったことは、侍従たちだけの機密事項になっていたのだろう。

「なにをなさるのですか、アルマンド陛下！　お慎みくださいっ。陛下も、執務室で、そのようなお顔をなさって、なに、なにをっ」

　モーゼスが青くなって声を荒げた。

「おでこにチュッとしただけで大袈裟だな」

　アルマンドがニヤリと笑うと、モーゼスが今度は真っ赤になり、アルマンドに詰め寄ってくる。

「ここは執務室です。淫らな行為は禁じられております！」

「くちづけくらいで大袈裟な」

「くち、くちづけ……」

「それにさっきから俺に対してずいぶんと無礼だ。これでも一応はアルマンド王国の国王だぞ」

「そんなことわかっております！　陛下、いくら一国の王とはいえ、このような粗野な男のどこがいいのですか！」

　矛先がユリウスに移った。困ったようにユリウスはアルマンドを見上げてくる。そしてとんでもなく愛情をかき立てる発言をした。

「どこって……わたしにとってアルマンドは理想の男性なので、全部いいとしか言えない」

「あぁぁぁぁ、陛下ぁ……」

がっくりと項垂れてふらついたモーゼスを、文官の一人が支えた。よく言えました、とばかりにアルマンドはユリウスを抱きしめて、今度は頰にくちづける。

「ところで、モーゼス、あんたがユリウスとマテリーナ嬢の結婚が正式に決定したかのような話を流布したんだな？」

確認のために聞くと、モーゼスが俯いたままぎくりと硬直する。

「え？　なんのことです？」

ユリウスが怪訝な顔でアルマンドを見て、つぎに文官たちに目を向けた。その場にいた文官たちのほぼ全員がその話を知っていたと頷く。ユリウスが厳しい表情になり、呆れたという感じでため息をついた。

「アルマンド、わたしはマテリーナと結婚しません。正式に決定したなどと、とんでもない。あなたがいるのに、他のだれと結婚するというのですか。まさかその話を信じたのですか」

尖った口調で責めてくるユリウスを、アルマンドは苦笑しながら背中を撫でて宥めた。

「すまない。あり得ないと思いつつも確かめずにはいられなくてここまで来た。モーゼス、マテリーナ嬢の意志は確かめたのか？　彼女はユリウスと結婚などしないぞ。俺の側近のマックスといい仲になっている」

ええっ、とモーゼスは絶望的な声を上げた。

「ユリウスの身を守るため、おまえだけでなくマテリーナ嬢にも内密に協力をしてもらっていた。何度か迎賓館に呼び出して話し合いの場を設けていたんだ。その中でマックスはマテリーナ嬢と気持ちを通わせるようになった。マックスはあんな強面だが、純情で一途な男だ。マテリーナ嬢は容姿にはこだわらない性格のようだし、お似合いだと思う」

「そんな……」

モーゼスは王妃候補をマテリーナ以外に考えていなかったようだ。文官に支えられながらふらふらと手近な椅子に座り、途方に暮れたように遠くを見つめる。

「このあいだも言ったように、わたしは親族の中から優秀な子を選び、引き取ることを考えている。だから、モーゼス、わたしを女性と結婚させることは諦めてくれないか。わたしはおそらく、女性と閨を共にすることはできない――」

語尾を震わせて、ユリウスがそう告白した。モーゼスだけでなく、文官たちにそんなことを言うのは、とても勇気が必要だっただろう。それでもわかってもらいたいがために言葉にした心情を思い、アルマンドはユリウスを抱きしめた。励ますように華奢な肩を撫でる。

「陛下……」

皺深い顔の中の瞳を潤ませ、モーゼスは背中を丸める。だが、なにか思いついたのかしゃんと姿勢を正してアルマンドを振り向いた。

「アルマンド陛下の事情はどうなのですか。新興国としては王家を盤石としたものにするためには、有力な臣下のご令嬢と婚姻されるか、近隣の王家から王女を娶ることを臣下の方々は望まれているのではないですか？　それとも正式に結婚していないだけで、すでにどこぞの女性に子を産ませているのですか」

　腕の中でユリウスがびくっと体を震わせた。モーゼスと似たようなことを考えていたのだろう。たしかにアルマンドは性に奔放な性質だった。ユリウスに出会うまでは。

「俺のことは気にしなくていい。国は宰相に任せることにした。俺はこの国に移り住んでもいいと思っている」

「えぇっ？」

　ユリウスとモーゼスだけでなく、成り行きを見守っていた文官たちも全員が驚きの声を上げた。そんなことは思ってもいなかったのだろう。全員の驚愕の表情をぐるりと見回して、アルマンドは笑った。そこで国を出てくるときに宰相のハラルドに突きつけられた委任状の話をした。

「共和制、ですか？」

「そう。ハラルドは絶対君主制よりもそっちの制度が理想だという考えの持ち主だ。だから俺が帰らなくても、どうにかなる。俺はユリウスから離れるつもりはないからな。最初からそのつもりで手を出したんだ」

「アルマンド……」

　きらきらと輝く瞳が、アルマンドを見つめてくる。

　二人がいっしょにいるために、ユリウスをこの国から攫うつもりはなかった。ユリウスは国王として民のために働きたいと切望している。その気持ちはユリウスの存在意義であり、アルマンドが蔑ろにしてはいけないものだ。ユリウスがユリウスであるためには、国王を続けるのが一番いい。

「俺に、この国での居場所を与えてくれないか。護衛の兵士でいい。近衛騎士でなければならないのなら、どうすれば近衛騎士になれるか教えてくれ。あんたのそばにいたい」

　ユリウスの紫色の目から涙が溢れた。満面の笑みを浮かべながら。

「あなたが兵士？　まさか、そんなことはわたしが許しません。伴侶になってください。正式には結婚できないかもしれませんが、わたしのそばで、わたしを見守っていてください」

「仰せのままに」

　アルマンドはユリウスの手を取り、恭しくくちづけた。

「愛しています」

「俺も愛している」

　首にしがみついてきたユリウスの腰を抱き寄せる。唇を重ねて、七日前の夜のように舌を絡めあい、熱を確かめあった。もうモーゼスはなにも言わなかった。文官たちも黙っている。だれも邪魔をしないので、おたがいに飢えていた二人は延々とくちづけを続け――とうとう近衛騎士たちがマックスと双子の剣士を振り切って突入してくるまで、執務机の横で抱きあっていた。


　その後、二国間で話し合いの場が設けられ、アルマンドはヴェステルルンド王国に移住することが正式に決定した。身分は国王の伴侶、王配殿下と呼ばれることになる。表立っては国政に口を出すことは許されないが、国王が求めたときだけ助言ができた。

　ヴェステルルンド王国の千年の長きにわたる歴史上、同性を伴侶に迎えた王の前例はなかった。

同性しか愛せない国王は存在していたかもしれないが、記録にない。庶民のあいだで同性婚は認められているが、国王ともなるとやはり子供をつくることが義務となるからだろう。

当初、ユリウスがアルマンドを伴侶に迎えることについて、重臣たちは大反対した。

彼らを説得してまわったのはマキネンだった。マテリーナをユリウスに嫁がせれば王妃の父、ゆくゆくは次代の国王の祖父になれるのに、マキネンは純粋に妹の忘れ形見である甥ユリウスの幸福を願っていた。

重臣たちはしだいに一人二人と折れ、最後には全員がしぶしぶながらも賛成してくれたのだ。

世継ぎに関しては、時期尚早としてははっきりとは決めないことになった。カールが女性と結婚して子をもうけるかもしれないからだ。ただし王族の中から優秀な子供を選抜し、特別な教育をほどこすことは決まった。カールに子ができなければ国王になるかもしれないし、カールの子が国王になったときに頼りになる右腕になるかもしれない。選択肢をいまから準備することに関しては、重臣たちからの反発はなかった。

アフティオ王国はアルマンドの意向によって、宰相ハラルドに一任されることになった。数年かけて国民に共和制を学ばせ、十年後をめどに共和国へ移行していく計画らしい。アルマンドは隣の国から、母国の様子を注視していく。

これでなんの憂いもなくいっしょにいられると喜んだユリウスとアルマンドだが、モーゼスが侍従長の職を辞すると申し出て驚いた。

「陛下が大臣方と話し合ったことに関して、わたくしからはもうなにも申し上げることはございません。アルマンド陛下への熱く深い愛情には感服いたしました。一夜の戯れなどと軽んじた発言をしたわたくしをお許しください」

深々と頭を下げたモーゼスに、ユリウスは呆然としている。アルマンドはユリウスが衝撃のあまり倒れないかと心配した。

「わたくしが侍従長としてよかれと思ってしたことは、陛下をいたずらに苦悩させただけでした。臣下としてあるまじき行為です。ほかの侍従たちはわたくしの意向に添っていただけですので、お咎めなきよう、お願いいたします。わたくしがすべての責任を取ります」

モーゼスの目からは光が失われていた。姿勢も悪くなっているように見える。

「いや、待て、待てモーゼス。わたしはおまえに辞めてもらいたいなどと一度も思ったことはないぞ。そんな、いきなり……」

動揺しているユリウスに、アルマンドは「俺に話をさせてくれ」と頼んだ。

別室にモーゼスを連れていき、アルマンドは一対一で膝をつめて話をした。

「モーゼス、おまえが辞職を考えたのは理解できる。あと数年で侍従職の定年になるのも聞いている。けれど、辞めどきはいまではない」

「今後はあなた様がいらっしゃいます。どうか、陛下を公私ともに支えてください」

「もちろん支えていくつもりだ。この国に俺は骨を埋める覚悟でいる。でも俺はしょせん余所者だ。ユリウスにはモーゼスが必要だと思う」

「……あなた様は、わたくしを邪魔者だと思っているのではないのですか」

さんざんやり合ったからモーゼスはそう思うのだろうが、すべてはユリウスと王国の将来を憂慮したための言動だった。アルマンドはモーゼスを嫌ってはいない。

「大臣たちの大多数の賛成を得ることはできたが、同性を伴侶にする国王は、ヴェステルルンド王国の長い歴史の中ではじめてのことだ。引き裂かれずにすんで幸せを感じていても、不安はつきまとうだろう。俺はできるだけユリウスに寄り添っていくつもりだが、そういうことができる人間は一人でも多い方がいい。モーゼス、おまえがその一人にならなければならない」

「アルマンド陛下……」

じわじわとモーゼスの瞳に生気がみなぎってくるのがわかった。

「わたくしは、まだ陛下に必要とされているのでしょうか」

「必要に決まっている。さっきの取り乱し方を見なかったのか」

「……再考する時間をいただけますか」

「できるだけ早く結論を出せ。ただし侍従職を続けるという言葉以外は受け付けないぞ」

アルマンドが笑いながらそう言うと、モーゼスも口角をちょっと上げて微かに笑った。

翌日、モーゼスは辞職願を撤回した。

「勝手なことばかりで申し訳ありません。定年までお仕えさせてください」

ユリウスは涙ぐんで喜び、忠実な臣下の手を握って「死ぬまでそばにいてくれ」と言い、それはちょっと無理では、とモーゼスに言い返されて笑った。

すべての問題が解決したとき、すでに季節は冬になっていた。

半年後の春、ユリウスとアルマンドは式を挙げた。王の間で、純白の衣装を身につけた二人は臣下たちの前に立ち、伴侶への愛と国への献身を誓った。そして二人は向かいあい、個人としての愛を誓う。

「愛している。命が尽きるときまで、俺はユリウスのものだ」

「わたしも、愛しています。命が尽きるときまで、手をとりあって歩んでいきたいです」

そっと唇を重ねる。大切なものを確認するように。

二人を祝福するように春の空は高く澄み、伝説の湖は青く輝いていた。

おわり

あとがき

こんにちは、またははじめまして、名倉和希《なくらわき》です。リンクスロマンス「王様と王様の初恋」を手に取ってくださって、ありがとうございます。

今回はタイトル通り、王様と王様の初恋物語です。最初からイラストが笠井《かさい》あゆみ先生と決定していたので、「笠井先生に麗しい青年王と粗野な細マッチョ王を描いてもらいたい！」と私の願望をもりだくさんにした話を考えました。笠井先生、ありがとうございます！

ユリウスはエロ関係をなにも知らない純真無垢な王様です。でも祖父に英才教育を受けたので君主としては優秀です。地頭もいいのでしょうね。超箱入り育ちなので自分の容姿に無頓着。でも逞しい男性には憧れがあります。文武両道が理想だったのでしょう。祖父の死により国王となって、さあ頑張るぞと張り切っていたところに、隣国のカッコいい王様に出会い、恋に落ちてしまいます。これぞＢＬファンタジー。

王宮の温室でお茶会をするだけでドキドキしちゃうユリウスが可愛かったです。アルマンドもユリウスの美貌と心の美しさにメロメロ。ヤリチンだったのになかなか手が出せません。

なんやかやがあって、二人は正式に伴侶となります。このあと、アルマンドは二度と母国には帰りません。なので一回はアフティオ王国から宰相ハラルドがやって来て、ユリウスに「アルマンドをよろしく」と頭を下げるでしょう。父親代わりとしてね。

アフティオ王国はハラルド主導で共和制へと移行していきます。こうした時代でも、君主制の国ばかりではないと思うんですよね。数年かけて国民を教育し、ハラルドならやり遂げてしまうと思います。

ユリウスは重臣と官僚たちに支えられながら強い信念を持ち続け、ヴェステルルンド王国に善政を敷きます。迷ったときは伴侶のアルマンドに助言を求めるでしょうが、あまり頻繁ではありません。アルマンドは体が鈍らないように軍の訓練場で兵士を相手にわちゃわちゃやりつつ、警邏と称して王都をぶらぶらしつつ、気楽に過ごしていきそうです。ほぼヒモ状態か？

でもユリウスの心身の安定はアルマンドにかかっているので、その点がわりと重要ではあります。アルマンドが揺らぐとユリウスが心配して気になっちゃうので、ユリウスが国政に集中できるよう、アルマンドはいつも泰然としていなければなりません。そして夜は閨でたっぷりかわいがり、ユリウスの体を満足させてあげるわけです。十歳以上も年齢が離れているので、アルマンドは若い伴侶に合わせていつまでも精力を維持しなければならない！　頑張れ、アルマンド！　精がつくものを食べろよ。ＢＬの攻めは絶倫なので大丈夫でしょうが。

　そんなわけで、「王様と王様の初恋」でした。楽しんでいただけたでしょうか。

　私は楽しんで書きました。ハッピーＢＬは楽しんで書かなきゃいけません。ウハウハしながら書くには体力が必要なので、私は昨年からスポーツジムに通っています。ダイエット目的ではなく、あくまでも体力維持。そもそも体を動かすとご飯が美味しいので、意識的に食事量を減らさなければ痩せません。笑えるくらい体重は減りませんが、筋力はついたように思います。

　今年でデビュー二十五年になりました。こんなに長く続けてこられたのは読者の皆さまのおかげです。ＢＬが大好きなので、というかＢＬしか書けないので、これからも書いていきます。書店や広告で見かけたら、ぜひ手に取ってみてください。よろしくお願いします。ＢＬ最高。

　それでは、またどこかでお会いしましょう。

名倉和希

溺愛陛下と身代わり王子の初恋

できあいへいかとみがわりおうじのはつこい

名倉和希
イラスト：北沢きょう

本体価格870円+税

俳優志望で天涯孤独の十八歳・大和は、ある日突然異世界に召喚されてしまう。夜になると空にふたつの月が輝く世界――そこで出会ったのは、西の大国レイヴァース王国の王アリソン。二年前、父王の死去にともない三十歳で王位を継いだという優しそうな彼に、大和は国の危機を救うため、行方不明の「王子」の身代わりになってくれと頼まれる。王子になりきって協力することになった大和は、共に過ごすうち、徐々に彼に惹かれていくが…？

かわいい不思議生物も登場する、癒しの異世界トリップファンタジー・ラブコメ！

リンクスロマンス大好評発売中

溺愛パパのじれったい初恋

できあいぱぱのじれったいはつこい

名倉和希
イラスト：兼守美行

本体価格870円+税

老舗旅館の次男でホテルグループ社長の泰成は、周囲から見合いや結婚を勧められることを毛嫌いしていた。そんな中、遠縁で、家族を亡くし引き取られる先もない、一人の青年の存在を知る。利害の一致もあり、その少年・優輝を引き取り育てることになった泰成。

月日は流れ、優輝も大学生となった。素直で健気な優輝との生活は幸せに溢れており、いつしか泰成は優輝を溺愛するまでになっていた。しかし、何でも話してくれた昔と違い、最近の優輝には、何か隠し事があるようで、父代わりとしては心配が尽きず……？

溺愛社長のまっすぐすぎる純愛

できあいしゃちょうのまっすぐすぎるじゅんあい

名倉和希
イラスト：兼守美行

本体価格870円+税

両親を亡くし蕎麦屋を営む祖父と慎ましく暮らしている音大生・広翔は、奨学金とアルバイトでなんとか学校に通っていたが、両親の保険金も底をつき、来年の学費や祖父の体調、進路など、大きな不安を抱えていた。そんな中出会ったのは、小さな子供と大きな犬を連れた尚行。食事もとらず悩んでいた広翔を心配し介抱してくれ、そこから三人と一匹は距離を縮め、楽しく食事をともにしたり、一緒に出掛けたりするようになる。優しくて素敵な大人の尚行に、広翔は心惹かれていく。一方尚行も、純粋でかわいい広翔に惹かれ、何より大事にしたいと思うほど心から夢中になっていたのだが……？

リンクスロマンス大好評発売中

年の差溺愛
初恋の人に一つ屋根の下で熱愛されています

としのさできあい　はつこいのひとにひとつやねのしたでねつあいされています

名倉和希
イラスト：金ひかる

本体価格870円+税

誰にも秘密でＤＴＭの自作曲を配信している"糸"こと伊藤拓也は、父と共に車上生活をしている、その日暮らしの十九歳。不登校だった拓也は、自分の想いを曲にのせた"糸"が口コミで広まり共感を得たことで、自分の居場所を見付けられそうだと感じ始めていた矢先、父が倒れ入院してしまう。そんな時助けてくれたのは、父の親友で芸能事務所社長の日比野俊輔だった。実は曲の原点でもある初恋の人・俊輔の元で居候することになった拓也は、今も変わらず格好よくて優しい俊輔を、強く意識してしまう。一方の俊輔も、健気な拓也に心奪われ、過保護に溺愛する日々で——？　両片想い同居ラブ！

LYNX ROMANCE

小説原稿募集

リンクスロマンスではオリジナル作品の原稿を随時募集いたします。

募集作品

リンクスロマンスの読者を対象にした商業誌未発表のオリジナル作品。
（商業誌未発表のオリジナル作品であれば、同人誌・サイト発表作も受付可）

募集要項

＜応募資格＞

年齢・性別・プロ・アマ問いません。

＜原稿枚数＞

４５文字×１７行（１枚）の縦書き原稿、２００枚以上２４０枚以内。
※印刷形式は自由。ただしＡ４用紙を使用のこと。
※手書き、感熱紙不可。
※原稿には必ずノンブル（通し番号）を入れてください。

＜応募上の注意＞

◆原稿の１枚目には、作品のタイトル、ペンネーム、住所、氏名、年齢、電話番号、メールアドレス、投稿（掲載）歴を添付してください。
◆２枚目には、作品のあらすじ（４００字～８００字程度）を添付してください。
◆未完の作品（続きものなど）、他誌との二重投稿作品は受付不可です。
◆原稿は返却いたしませんので、必要な方はコピー等の控えをお取りください。
◆１作品につき、ひとつの封筒でご応募ください。

＜採用のお知らせ＞

◆採用の場合のみ、原稿到着後６カ月以内に編集部よりご連絡いたします。
◆優れた作品は、リンクスロマンスより発行させていただきます。
　原稿料は、当社既定の印税でのお支払いになります。
◆選考に関するお電話やメールでのお問い合わせはご遠慮ください。

宛先

〒151-0051
東京都渋谷区千駄ヶ谷４−９−７
株式会社　幻冬舎コミックス
「リンクスロマンス　小説原稿募集」係

LYNX ROMANCE

イラストレーター募集

リンクスロマンスでは、イラストレーターを随時募集いたします。

リンクスロマンスから任意の作品を選び、作品に合わせた
模写ではないオリジナルのイラスト（下記各1点以上）を描いてご応募ください。
モノクロイラストは、新書の挿絵箇所以外でも構いませんので、
好きなシーンを選んで描いてください。

1 表紙用カラーイラスト

2 モノクロイラスト（人物全身・背景の入ったもの）

3 モノクロイラスト（人物アップ）

4 モノクロイラスト（キス・Hシーン）

募集要項

＜応募資格＞

年齢・性別・プロ・アマ問いません。

＜原稿のサイズおよび形式＞

◆Ａ４またはＢ４サイズの市販の原稿用紙を使用してください。
◆データ原稿の場合は、Photoshop（Ver.5.0 以降）形式でＣＤ－Ｒに保存し、出力見本をつけてご応募ください。

＜応募上の注意＞

◆応募イラストの元としたリンクスロマンスのタイトル、あなたの住所、氏名、ペンネーム、年齢、電話番号、メールアドレス、投稿歴、受賞歴を記載した紙を添付してください（書式自由）。
◆作品返却を希望する場合は、応募封筒の表に「返却希望」と明記し、返却希望先の住所・氏名を記入して返送分の切手を貼った返信用封筒を同封してください。

＜採用のお知らせ＞

◆採用の場合のみ、６カ月以内に編集部よりご連絡いたします。
◆選考に関するお電話やメールでのお問い合わせはご遠慮ください。

宛先

〒151-0051 東京都渋谷区千駄ヶ谷 4−9−7
株式会社　幻冬舎コミックス
「リンクスロマンス　イラストレーター募集」係

この本を読んでの
ご意見・ご感想を
お寄せ下さい。

〒151-0051
東京都渋谷区千駄ヶ谷4-9-7
(株)幻冬舎コミックス　リンクス編集部
「名《な》倉《くら》和《わ》希《き》先生」係／「笠《かさ》井《い》あゆみ先生」係

リンクス ロマンス

王様と王様の初恋 隣国王家の年の差求愛譚

2023年8月31日　第1刷発行

著者……………名《な》倉《くら》和《わ》希《き》
発行人…………石原正康
発行元…………株式会社　幻冬舎コミックス
〒151-0051　東京都渋谷区千駄ヶ谷4-9-7
TEL 03-5411-6431（編集）
発売元…………株式会社　幻冬舎
〒151-0051　東京都渋谷区千駄ヶ谷4-9-7
TEL 03-5411-6222（営業）
振替00120-8-767643
印刷・製本所…株式会社　光邦
検印廃止

ISBN978-4-344-85282-2 C0293
Printed in Japan

幻冬舎コミックスホームページ　https://www.gentosha-comics.net